헤드헌터

dot.19

정명섭

헤드헌터

아작

toc.

1

프록시마 b

남자는 프록시마 b의 지하도시를 천천히 걸었다. 천장의 인공조명들이 빛을 내리깔았고, 공중 부양 차량들이 쉴 새 없이 오갔다. 지하도시는 외기권에서 갑자기 떨어지는 운석이나 우주선의 잔해가 덮칠 일이 없기 때문에 적지 않은 인간들이 모여서 살았다. 대신 지하는 공기가 비쌌다. 지하 깊은 곳일수록 공급 파이프가 길어지기 때문이다. 그래서 지하도시에서는 필터가 달린 마스크가 필수였다. 그렇지 않으면 기관지가 상해서 헤드와 의체 모두에 좋지 않았다. 남자는 아까부터 제대로 작동하지 않는 마스크를 잠깐 벗었다가 매캐한 냄새에 못 이겨 기침을 하고 말았다. 하필이면 공중 부양 버스가 바로 위를 지나가는 바람에 뜨거워진 열기를 그대로 뒤집어썼다.

"젠장!"

근처에서 불운한 남자를 비웃는 웃음소리가 들렸다. 마스크를 도로 쓴 남자가 쏘아보자 모여서 웃고 있던 자들이 시선을 피했다. 덩치 큰 의체에 플라즈마 건을 대놓고 차고 다니는 건 '헤드 헌터'라는 뜻이었다. 입고 있던 자외선 차단 망토를 추스른 남자는 목적지인 에너지 드링크 바로 향했다. 날카로운 눈가 옆에는 필요에 따라 여러 기능을 가진 렌즈가 나오는 안경집 장치가 붙어 있었다. 짧게 깎은 머리에는 상처들이 보였고, 턱에는 제멋대로 수염이 자랐다. 거리의 상공에는 거대한 홀로그램이 떠 있었는데 인공지능 가수인 에리아나의 히트곡인 '조합과 회사'가 울려 퍼지는 중이었다.

우리의 주인은 조합과 회사
그들이 모든 걸 통제하지

우리에게는 꿈을 꿀 자유조차 없어
조합과 회사가 우리의 꿈까지 사들였으니까
우리의 주인은 조합과 회사

지나가던 사람과 안드로이드 몇몇이 노래를 따라 불렀다. 어떻게 보면 저항감을 불러일으키는 노래이긴 하지만, 웃기게도 그 노래가 불리는 홀로그램의 아래쪽에는 조합과 회사들의 광고가 박혀 있었다. 고개를 절레절레 흔든 남자는 팔 하나를 살 수 있게 도와달라고 구걸하는 안드로이드를 밀쳐버리고 갈 길을 갔다. '블루'라는 디스플레이 간판을 단 에너지 드링크 바가 보이자 남자가 조용히 속삭였다.

"목적지가 보인다. 각자 무기 잘 감추고 들어가."

"네! 나유철 보스, 걱정마십시오."

무선 기능까지 있는 마스크라 작게 속삭여도 전달되었다. 블루 앞에 선 나유철은 천천히 검색대를 지나갔다. 얼굴에는 수술로도 흔적을 완전히 지우지 못한 상처들이 가득했다. 눈빛도 사나워서 평범한 사람으로는 보이지 않았기 때문에 주변에서는 슬쩍 피했다. 입구 옆에는 모노아이 하나짜리 경비용

INSURANC

SOFT
DRINK
囍

로봇이 서 있었다. 로봇은 들어오는 손님들을 한 명씩 스캔해서 무기나 약물을 가지고 있는지 체크했다. 에너지 드렁크 바에서 손님들끼리 시비가 붙거나 바텐더의 서비스를 불평하면서 플라즈마 건으로 쏘아버리는 일이 비일비재했다. 그게 아니라고 해도 슈트라고 불리는 환각성 약물을 거래할 때도 있어서 이래저래 말썽이 많이 일어났다. 그래서 대부분의 에너지 드링크 바에서는 무기와 약물의 휴대가 금지되어 있다. 다들 순순히 내놓고 들어갈리가 없기 때문에 입구에서 경비 로봇이 체크하는 것이다.

다행히 나유철은 걸리지 않고 들어갈 수 있었다. 금속 탐지기를 통과해서 안으로 들어가자 시끌벅적한 분위기가 느껴졌다. 손님들의 머리 위로는 홀로그램을 띄우는 드론들이 정신없이 날아다니면서 광고를 보여줬고, 로봇 웨이터들이 삐걱거리는 소리를 내면서 녹슨 몸을 움직였다. 인간 바텐더들이 있는 바나 테이블 모두 의자가 없이 서서 마시게 되어 있었다. 구석의 빈자리를 차지한 나유철은 동료들이 들어오는 것을 눈여겨봤다. 대부분 잘 들어왔지만 한 녀석이 손목 안에 숨겨둔 미니 플라즈마 건이 발

각되면서 쫓겨나고 말았다. 역시 걱정했던 대로 마시아였다. 유일하게 나유철을 보스라고 부르며 따랐지만 실력은 서투른 애송이였다. 머쓱해 하는 마시아가 입구 밖에서 안쪽을 기웃거렸다. 속으로 욕설을 퍼부은 나유철은 모른 척하고 지나가는 웨이터 로봇에게 에너지 드링크를 주문했다.

"헤드 퍼스트 한 잔."

"12크레딧입니다."

냉랭한 기계음으로 된 답변을 들은 나유철은 손목에 찬 웨어러블 워치를 웨이터 로봇의 가슴팍에 있는 스크린에 갔다 댔다. 삑 하는 소리와 함께 결제가 되었고, 웨이터 로봇이 음료를 만드는 카운터 쪽으로 걸어갔다. 잠시 후, 로봇이 푸른 에너지 드링크가 들어 있는 금속 잔을 가지고 왔다. 음료를 한 모금 마신 나유철은 주변을 천천히 돌아봤다.

에너지 드링크 바는 무기와 약물을 가지고 들어올 수 없었기 때문에 역설적으로 안전한 거래 장소가 되었다. 이번에 나유철이 의뢰를 받은 거래 역시 이곳에서 진행하기로 했다. 문제는 상대방이 악명 높은 강철바퀴파라는 것이다. 무기를 가지고 들어올 수 없는 곳이라고 안심했다가는 무슨 일을 당할지 몰랐다. 나유철이 들으라는 듯 중얼거렸다.

"크레딧만 떨어지지 않았어도 절대로 받아들이지 않았는데 말이야."

거래 자체도 불안했지만 더 불안한 건 팀원들이었다. 시간도 없고 돈도 부족해서 광역 통신망인 유저브를 통해 모았는데 하나같이 불안한 놈들 투성이었다. 팀원들이 어색하게 곳곳에 자리 잡는 걸 본 나유철은 주머니에 넣어둔 센서 다이오드를 켰다. 가까이 있는 거래 대상자를 확인하는 것으로 상대방이 다른 하나를 가지고 있으면 반응을 하는 것이었다. 잠시 후, 센서 다이오드에 불이 들어왔다. 본능적으로 주변을 돌아보자 벽을 등진 쪽에 키 큰 사람이 센서 다이오드를 손에 들고 있는 게 보였다. 나유철은 가볍게 손을 흔들어주고 에너지 드링크가 든 잔을 들고 그쪽으로 향했다. 마스크를 벗으면서 마지막으로 팀원들을 호출했다.

"거래 시작한다. 믿을 수 없는 놈들이니까 긴장하고 내가 보내는 신호 잘 봐."

그러면서 대충 돌아봤지만 역시 에너지 드링크를

주문해서 마시거나 긴장이 풀어진 팀원들의 모습만 보였다. 역시 비싸더라도 믿을 만한 놈들로 구했어야 한다는 후회를 하며 나유철은 키 큰 사람에게 다가갔다. 되도록 천천히 걸어가면서 상대방을 관찰했다. 몸통은 흑인인데 머리는 백인이었다. 키가 눈에 띌 정도로 큰 걸 보면 드러내는 걸 좋아하는 강철바퀴파다웠다. 두 뺨에는 강철바퀴파를 상징하는 가시 달린 강철 바퀴가 그려져 있었다. 그쪽으로 다가가서 테이블에 에너지 드링크를 놓은 후에 자연스럽게 말을 걸었다.

"예전에 일곱 개의 헤드가 있었지."

투시할 수 있는 렌즈가 끼워진 고글을 살짝 내린 상대방이 대답했다.

"지금은 사라졌고 말이야. 여섯 개의 헤드를 위해서 건배하지."

암호를 주고받은 나유철은 한쪽 손을 테이블에 올려놨다. 손목에는 크레딧을 거래할 수 있는 웨어러블 워치가 채워져 있었다. 상대방 역시 웨어러블 워치가 채워져 있는 왼손을 테이블에 올려놨다. 그걸 확인한 나유철은 테이블에서 손을 치운 다음에 물었다.

"물건은?"

상대방 역시 손을 테이블에서 치우며 대답했다.

"밖에 있어."

"얘기가 다르잖아."

나유철이 목소리를 높이자 상대방은 입구를 힐끔 보며 대꾸했다.

"며칠 전에 총격 사건이 있어서 검사가 깐깐해졌어."

"그럼 밖에서 헤드를 확인하고 크레딧을 넘겨주는 걸로 하지."

상대방은 나유철의 대답을 듣고는 끌어내린 고글을 도로 올리면서 얘기했다.

"누구를 한 명 밖으로 보내서 확인을 하는 건 어때? 그자가 확인을 하면 크레딧을 받는 걸로."

나쁜 제안은 아니었지만 잠깐 생각하던 나유철은 고개를 저었다. 믿을 만한 팀원이 없는 상태인 데다가 혼자만 보냈다가 플라즈마 건으로 위협을 당한 채 가짜로 헤드를 확인했다고 할 수도 있었다. 나유철은 방금 주문하고 받은 음료를 최대한 많이 마시고 내려놨다.

"내가 직접 확인할게. 앞장서."

"그렇게 복잡하게 할 필요 있어? 어차피 너도 의뢰받은 헤드 헌터잖아."

껄렁거리는 상대방에게 나유철이 쏘아붙였다.

"그러니까 일을 더 똑바로 해야지. 대충했다가 일거리 끊기면 에너지 드링크도 못 마신다고."

"깐깐하다는 소문은 들었어. 차라리 우리랑 일하는 건 어때? 크레딧 두둑하게 쳐줄게."

상대방의 얘기를 들은 나유철은 잠자코 웨어러블 워치를 찬 손으로 자외선 차단 망토의 옷깃을 매만졌다. 위험하니까 집중하라는 수신호였다. 같이 일하자는 얘기는 거래 현장에서 할 만한 얘기는 아니었고, 더더군다나 뒤통수치기로 악명이 높은 강철바퀴파라 신뢰할 수 없었다. 옷깃을 매만진 손을 테이블에 자연스럽게 올려놓은 나유철이 대답했다.

"거래를 하러 왔는데, 왜 회유를 하실까?"

"그게 우리 방식이니까."

차갑게 대답하는 상대방의 목소리에서 위기를 느낀 나유철은 한발 뒤로 물러나려고 했다. 하지만 상대방이 조금 더 빨랐다. 한 손으로 테이블에 올려놓은 나유철의 팔을 잡더니 다른 손으로 테이블 아래 감춰둔 레이저 커터를 꺼냈다. 그러고는 단숨에 나유철의 웨어러블 워치를 찬 팔뚝을 잘랐다. 피가 사방으로 튀자 주변에 있던 손님들이 허겁지겁 피했다. 순간적으로 극심한 고통이 느껴졌지만 뒷머리에 설치한 트라우마 패치에서 도파민을 분비시켜서 고통을 줄여줬다. 상대방은 피가 뚝뚝 떨어지는 나유철의 손을 들어 올리며 말했다.

"우린 이것만 있으면 돼."

나유철은 피가 철철 쏟아지는 팔을 움켜잡으며 주변을 돌아봤다. 대략 예상은 했지만 같이 온 팀원들은 두려움에 얼어붙어 있거나 아니면 미리 옆으로 스며든 강철바퀴파에게 당하는 중이었다. 신음소리를 내면서 쓰러지는 팀원들을 보던 나유철은 상대방에게 말했다.

"멍청아. 그 워치에 있는 크레딧 결제하려면 레피드가 있어야 하는 거 몰라?"

그러면서 레피드가 박혀 있는 오른쪽 관자놀이를 툭툭 쳤다. 오래전 RFID라고 불렸던 무선인식 태그 시스템이 발전한 것으로 인체에 칩을 넣어서 크레딧 결제를 하는 방식이었다. 하지만 나유철의 대답을 들은 상대방은 키득거리며 웃었다.

"그건 해킹으로 얼마든지 할 수 있지. 아니면 네 헤드를 가져가도 되고 말이야."

나유철의 피 묻은 팔을 테이블에 던져놓은 상대방이 레이저 커터의 출력을 최대치로 높였다. 뒤로 물러나던 나유철이 피가 뚝뚝 떨어지는 입가를 남은 한 손으로 훔치며 말했다.

"후회할 텐데?"

"강철바퀴파는 후회 안 해. 적들을 후회하게 만들지."

손님들이 테이블 아래로 숨고, 비상 신호를 받은 웨이터 로봇도 무릎을 접는 게 보였다. 그대로 서 있는 건 나유철과 강철바퀴파 조직원들 뿐이었다. 천천히 돌아보면서 그들의 위치를 확인한 나유철은 오른손을 들어 올렸다. 손목 부분이 열리면서 안쪽에 장착된 니들 건이 펼쳐졌다. 지금의 의체가 여러모로 마음에 들지 않고 비쌌지만 구매한 이유였다. 내부에 있는 의체의 무기가 에너지 드링크 바 같은 곳에는 들키지 않고 들어올 수 있었다. 나유철은 펼쳐진 니들 건을 가지고 일어서 있는 강철바퀴파를 향해 발사했다. 눈에 보이지 않을 정도로 작은 바늘이지만 수십 개가 한꺼번에 박히면 위력적이었다. 특히, 가까운 거리에서는 플라즈마 건을 튕길 수 있는 크리스털 방탄판을 부술 수 있었기 때문에 지금 같은 상황에서는 가장 효과적인 무기였다. 나유철의 팔을 자른 상대방은 니들 건을 보자마자 테이블을 넘어뜨리고 그 뒤에 숨었다. 그리고 바로 연막을 뿌려서 시야를 가렸다. 하지만 나유철은 그럴 줄 알고 눈 옆의 안경집에 있던 연막 투시 렌즈를 꺼내서 갖다 댔다. 연막 속의 움직임이 보였다.

"쇼 타임!"

나유철은 고함을 지르며 한 바퀴 돌면서 팔목의 니들 건을 발사했다. 연막 때문에 다른 조직원들은 미처 피하지 못했다. 수십 개의 바늘이 박혀 몸부림을 치던 강철바퀴파 조직원들이 쓰러졌고, 그들 중 한 명은 고통스러운 신음 소리를 내면서 몸을 날려 창을 부수고 밖으로 떨어졌다. 팔에 니들을 맞고 플라즈마 건을 떨어뜨린 다른 조직원이 레이저 커터를 뽑아 들고 덤벼들었다. 괴성을 지르며 달려드는 상대방의 공격을 슬쩍 옆으로 피한 나유철은 테이블을 밟고 허공으로 솟구쳤다. 그리고 상대방의 머리 위로 넘어가면서 정수리부터 뒷목까지 차근차근 니들을 박아넣었다. 무릎을 꿇은 조직원이 신음 소리를 냈다. 바닥에 내려앉은 나유철은 뒷덜미를 발로 걷어차서 앞으로 쓰러뜨렸다. 고개를 들자마자 넘어진 테이블 쪽에서 레이저 커터가 날아왔다. 머리를 옆으로 숙여 피하자 귓가를 스치고 지나간 레이저 커터는 뒤쪽에 있던 불운한 손님의 헤드를 두 동강 내버렸다.

순식간에 피바다가 된 에너지 드링크 바 안은 고요했다. 기침 소리라도 잘못 냈다가는 헤드가 터질 분위기였다. 나유철은 넘어진 테이블 쪽으로 조심스럽게 다가가며 상대방이 머리를 들면 쏠 준비를 했다. 옆으로 방향을 틀어서 테이블 뒤로 니들 건을 쐈다. 하지만 니들은 바닥에 박힐 뿐이었다.

“어딨지?”

급히 주변을 돌아봤지만 겁에 질린 손님들과 웨이터 로봇, 그리고 피범벅이 된 강철바퀴파 조직원들 밖에는 보이지 않았다. 손님들 중 한 명의 시선이 위로 향하는 걸 본 나유철은 욕설을 내뱉으며 몸을 옆으로 날렸다.

"망할!"

팔목과 무릎의 흡착장치를 이용해서 천정에 붙어 있던 상대방이 뛰어내렸다. 그러면서 팔과 다리에 감춰준 톱날을 꺼냈다. 날카로운 쇳소리를 내며 휘둘려진 톱날을 막느라 하나밖에 없던 팔의 니들건 발사 장치가 부서지고 말았다. 주춤거리며 물러나던 나유철은 상대방의 발길질에 걷어차였다. 강화된 의체라서 그런지 숨을 쉬기 어려울 정도로 큰 충격을 받았다. 간신히 일어나긴 했지만 갈비뼈가 몇 개 부러진 것 같았다. 이번에도 트라우마 패치에서 도파민이 나오면서 통증을 없애기는 했지만 역부족이었다. 간신히 일어나서 비틀거리는 나유철에게 상대방이 팔과 다리의 톱날을 윙윙거리며 다가왔다.

"팔다리를 하나씩 잘라주고 마지막에 헤드를 잘라줄게."

성격상 욕이라도 해야 했지만 입에서 피가 쉴 새 없이 흘러나오는 상황이라 불가능했다. 위태롭게 서 있던 나유철은 상대방이 휘두른 팔의 톱날을 피해

간신히 옆으로 몸을 움직였다. 그리고 넘어진 테이블 근처까지 걸어갔다가 푹 꼬꾸라졌다. 지켜보던 상대방이 팔에 붙은 톱날을 징징거리며 다가왔다. 쓰러진 나유철은 마지막 힘을 쥐어짜서 아까 잘린 왼쪽 팔을 집었다. 그러자 상대방이 비웃었다.

"왜? 다시 붙이게."

몸을 뒤집어서 다가오는 상대방을 올려다본 나유철이 대답했다.

"아니, 쓸 데가 있어서."

잘린 왼쪽 팔뚝 아래쪽이 열리고 드래곤 브레스 발사용 총신이 나왔다. 철커덕거리고 장전되는 소리를 들은 상대방이 톱날이 있는 팔을 치켜들었다. 하지만 나유철이 더 빨랐다. 잘린 팔에 장착된 드래곤 브레스가 화염을 뿜으며 발사되었다. 불에 달궈진 수백 개의 니들이 팔을 치켜든 상대방을 덮쳤다. 온몸에 뜨거운 니들을 뒤집어쓴 상대방은 글자 그대로 헤드와 의체가 모두 녹아버렸다.

"으아악!"

고통스러운 비명을 지르던 강철바퀴파 조직원은 사라졌다. 그리고 높이 치켜든 탓에 니들을 뒤집어

쓰지 않은 오른쪽 팔만 남아서 나유철의 옆에 툭 떨어졌다. 팔에 있던 톱날이 징징거리며 작동하다가 멈췄다. 한숨을 돌린 나유철은 바지 주머니에서 테르신 주사기를 꺼내서 허벅지에 찔러넣었다. 통증을 줄여주는 약물이 몸에 들어오자 마치 불타오르는 것처럼 뜨거웠다. 혈관을 수축시켜서 의체에 안 좋긴 하지만 팔이 잘린 상황에서 안 쓸 수가 없었다. 통증이 사라지자 겨우 몸을 움직일 수 있게 되었다.

에너지 드링크 바 내부는 처참했다. 뒤늦게 정신을 차린 인간 바텐더가 조심스럽게 사설 경찰을 호출하는 버튼을 누르는 게 들렸다. 강철바퀴파가 먼저 공격하긴 했지만 어쨌든 현장에 있어서 좋을 일은 없었다. 잘린 팔을 집어 들고 문으로 걸어가는데 아까 들어오지 못하고 쫓겨난 마시모가 깨진 창문에서 불쑥 모습을 드러냈다.

"보스! 찾았어요."

"뭘?"

"이거."

마시모가 들어 올린 건 주로 헤드를 거래할 때 쓰는 금속 케이스였다.

"어디서 찾았어?"

"창밖으로 떨어진 놈이 가지고 있었어. 튀려고 하는 거 내가 대가리를 깨고 뺏었어."

팔이 하나 잘리고, 갈비뼈도 부러진 최악의 상황이었지만 어쨌든 거래를 하려던 헤드를 챙긴 건 그나마 다행이었다. 마시모의 생각이 바뀌기 전에 얼른 가져가려고 하는데 갑자기 금속 케이스에서 삐빅거리는 소리가 들렸다. 손잡이 부분에서는 붉은색이 번쩍거렸다. 그걸 본 나유철은 머릿속에 단어 하나가 떠올랐다.

"데드맨 스위치!"

거래를 하러 온 상대방이 만약에 자신이 죽거나 문제가 생길 때 폭발하도록 세팅해놓은 것 같았다. 나유철은 천진난만한 표정으로 웃고 있는 마시모에게 소리쳤다.

"그거 당장 버려!"

"아니, 이걸 왜 버려요."

어리둥절해하는 마시모의 대답을 들은 나유철은 바닥으로 몸을 날렸다. 거의 동시에 어마어마한 폭발과 함께 열기가 에너지 드링크 바 안을 덮쳤다.

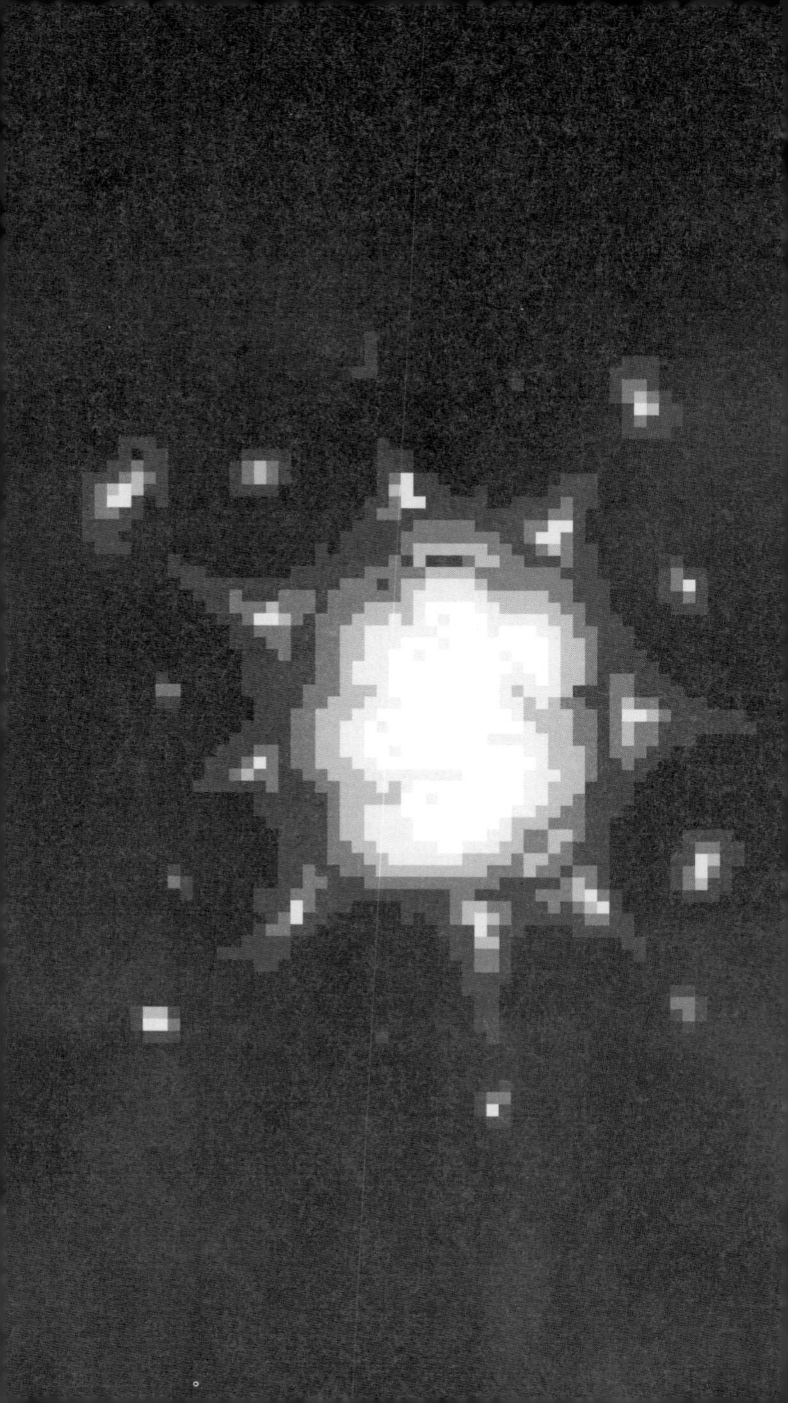

엄청난 폭풍에 밀린 나유철은 그대로 날아가서 벽에 부딪히고 다시 바닥으로 떨어졌다. 삽시간에 에너지 드링크 바 안은 폭발로 잿더미가 되어버렸다. 머리가 녹아버린 웨이터 로봇이 뭔가 고장이 났는지 제자리를 빙빙 돌다가 옆으로 넘어졌다. 그 옆으로는 손님 중 하나가 바닥을 구르며 의체에 붙은 불을 끄려고 했다. 하지만 오히려 불이 더 심하게 붙어버렸다. 손님은 최후의 수단으로 의체와 헤드를 분리했다. 두 손으로 헤드를 뽑아 최대한 멀리 던져버린 것이다. 저렇게 의체를 잃어버린 헤드는 헤드 헌터의 손에 넘어가서 평생 노예로 살아야만 한다. 하지만 죽는 것보다는 나은 선택이었다.

나유철 역시 점점 의식이 사라져가고 있었다. 임무를 실패했기 때문에 크레딧은 한 푼도 못 받을 상황이었고, 오히려 의체를 잃을 수 있어서 손해가 막심했다. 다행스럽게도 의체 보험에 들은 상태라서 헤드 상태로 버려지지는 않을 것이라는 생각을 하면서 정신이 흩어지지 않게 하려고 노력했다.

잠시 후, 요란한 소리와 함께 조합 경찰들이 들어

왔다. 나유철은 약효가 다 떨어졌는지 소리조차 낼 수 없을 만큼 고통스러웠다. 먼저 드론을 들여보내서 내부를 살핀 조합 경찰들이 플라즈마 건을 겨누며 안으로 들어왔다. 경찰과 드론의 숫자가 제법 많은 걸 보면 에너지 드링크 바에서 꽤 비싼 보험을 든 것 같았다. 안으로 들어온 조합 경찰은 쓰러진 손님들을 한 명씩 스캔했다. 의체 보험을 든 사람은 의료용 로봇에 태워서 실어 보냈다. 보험이 없는 경우는 헤드를 분리해서 수거했다. 자기 손으로 뽑아버린 손님의 헤드 역시 수거 대상자가 되었다. 조합 경찰이 마침내 나유철 앞에 다가와서 고글로 스캔했다.

"38세, 남성, 나유철, 의체 보험 대상자."

누워 있던 나유철은 살았다고 한숨 돌리는데 갑자기 삐빅거리는 소리와 함께 다른 메시지가 나왔다.

"보험료 2개월 체납으로 인해 해지된 상태. 헤드만 수거할 것."

그제서야 보험료가 연체되었다는 사실을 깨달았지만 이미 늦고 말았다. 지금이라도 돈을 주겠다고 말을 하려고 했지만 조합 경찰이 한발 빨랐다. 머리에 전기 충격을 줘서 신경을 마비시킨 후에 헤드 링으로 분리를 시켰다. 헤드가 의체와 분리된 후에도 약간의 시간 동안 의식이 남아 있을 수 있었다. 나유철은 다급하게 외쳤다.

"보험료 납부하겠다고 보험 회사에 연락해주시오."

하지만 친절함 혹은 성실함과는 거리가 먼 조합 경찰은 들은 척도 하지 않고 수거 상자에 집어넣었다. 이미 수거된 다른 헤드들 위로 떨어진 나유철의 헤드는 곧 활동을 멈췄다.

"젠장, 이번 의뢰는 받는 게 아니었어."

마지막으로 중얼거린 나유철의 의식은 사라져버렸다.

다시 눈을 뜬 나유철은 뿌연 빛을 봤다. 의식이 돌아온 것을 확인한 나유철은 안도의 한숨을 쉬었다.

"천만다행으로 보험이 처리된 모양이네."

비록 랜덤으로 받는 의체이긴 하지만 없는 것보다는 수백 배 나았다. 일을 해서 돈을 번 다음에 새로운 의체를 구입하기로 마음먹은 나유철은 주변을 천천히 돌아보면서 중얼거렸다.

"그런데 여긴, 어디지?"

의체를 교환해주는 보험 회사의 교환센터치고는 너무 환하게 깔끔했다. 살짝 불안해진 나유철은 고개를 돌려서 더 살펴보려고 했지만 그럴 수 없었다.

"어떻게 된 거야?"

잠시 후, 조명이 켜지자 나유철은 기겁을 하고 말았다. 예상하지 못한 사람들이 자신을 바라보고 있었기 때문이다. 항상 꾀죄죄하고 지쳐 보이는 의체 보험 회사 직원들과는 달리 고급 양복 차림에 마스크도 쓰지 않았다. 그 얘기는 지금 있는 공간 전체가 깨끗한 공기로 가득 차 있다는 뜻이었다.

눈동자를 열심히 굴려서 대략 공간의 크기를 가늠하던 나유철은 뚜벅뚜벅 다가오는 발자국 소리에 신경을 곤두세웠다. 고개를 돌리려고 했지만 뭔가 고정된 장치가 있는지 움직이지 않았다. 오른쪽에서부터 등장한 남자가 왼쪽으로 걷다가 딱 중간에 섰다. 플라즈마 건을 어깨에 장착한 경비용 가드 로봇이 의자를 가지고 왔다. 의자에 자연스럽게 앉은 남자는 다리를 꼬고 나유철을 바라봤다. 나유철은 속으로 감탄했다.

'완벽하군.'

수많은 의체를 봤지만 눈앞의 남자처럼 완벽한 의체는 보지 못했다. 비록 양복에 가려져 있긴 하지만 균형 잡힌 몸에 어깨가 딱 벌어져 있었다. 근육이 늘어날수록 의체의 가격이 비싸진다는 점을 감안하면 정말 아낌없이 크레딧을 투자한 것이다.

'대략 200만 크레딧은 되겠군.'

남자의 헤드 역시 인상적이었다. 지구의 바다와 닮은 것 같은 깊고 푸른 눈에 창백할 정도로 하얀 피부였다. 은발의 곱슬머리는 잘 다듬어져 있었다. 양옆에 선 경비용 가드 로봇 역시 모노아이 부분과 팔, 그리고 어깨에 비싼 블루 메탈을 입혀서 반짝거렸다. 나유철이 한 번도 만나본 적 없는 고위층 인사가 분명했다. 다리를 꼬고 앉았던 남자가 손짓을 하자 여자 비서가 보였다. 허리를 숙인 비서에게 뭔가 지시를 내리자 고개를 끄덕거린 비서가 나유철에게 다가왔다. 그리고 생명 유지 장치를 손보는 소리가 들렸다. 잠시 후, 지직거리는 소리와 함께 비서의 목소리가 들렸다.

"나유철 씨, 제 목소리 잘 들리십니까?"

"잘 들립니다."

성대는 다치지 않았는지 목소리가 그럭저럭 나오는 편이었다. 그런 나유철을 빤히 바라보던 비서가 다리를 꼬고 앉은 남자에게 다가가서 고개를 숙였다. 남자가 나유철에게 말을 건넸다.

“죽다 살아난 기분이 어때?”

상대방의 물음에 나유철은 잠깐 생각하고 대답했다.

“여러 번 겪어봐서 별다른 감흥은 없군요.”

입꼬리를 올린 상대방이 비서를 바라봤다. 비서가 손짓을 하자 뒤쪽에 서 있던 기술자가 생명유지 장치를 조작하는 것 같았다. 갑자기 머리 위에 설치된 공기조절 장치가 멈췄다. 경고 신호가 뜨면서 신경이 곤두섰다. 헤드의 생명유지 장치는 5분만 작동이 중지되어도 치명적이었다. 의체는 얼마든지 갈아끼울 수 있지만 헤드는 한 번 손상되면 끝장이었다. 하지만 나유철은 아무 말도 하지 않았다. 헤드 헌터로 일하면서 수 없이 죽을 고비를 넘겼기 때문이기도 했고, 진짜 죽일 거였다면 이렇게 번거롭게 할 이유가 없었다. 나유철의 표정을 살핀 남자가 손짓을 했다. 다시 공기가 들어오기 시작했다. 손목시계를 확인한 남자가 말했다.

"2분 38초 동안 버텼군."

"어차피 죽일 생각이었으면 이런 짓을 하지는 않을 테니까."

나유철의 얘기를 들은 남자는 껄껄거리며 의자에서 일어났다. 그리고 천천히 아까 등장했던 방향으로 걸어갔다. 다시 봐도 의체가 너무나 완벽해 보였다. 나유철의 시선을 느낀 남자가 자신의 몸을 내려다보면서 물었다.

"비싸 보여? 얼마일 거 같아?"

"한 200만 크레딧?"

"450만 크레딧이야. 각종 병균에 오염되지 않고, 재생력은 두 배 빠르거든. 피부는 최고급이라서 진짜 살결 같고 말이야."

"부럽군요."

나유철의 대답을 들은 남자는 멈춰 섰다. 뒤에 있던 기술자가 생명유지 장치를 움직였는지 시선이 그쪽으로 따라갈 수 있었다. 남자는 어떤 로고를 등지고 서 있었다.

"내 이름은 옴스파크라고 하네."

"나유철이라고 합니다."

"알고 있어. 한때 프록시마 행성계 최고의 헤드 헌터였지."

"지금도 마찬가지입니다."

나유철의 대답을 들은 옴스파크는 소리 없이 웃었다.

"5년 전 모종의 사건으로 인해 헤드 헌터 면허를 정지당했지. 복구한 이후에는 계속 실적이 안 좋은 상황이고 말이야."

"한두 건 잘 해결하면 도로 의뢰들이 쏟아져 들어올 겁니다. 헤드는 흘러넘치니까요."

"긍정적이군. 프록시마에서 찾아보기 힘든 성격인데."

"힘들다고 생각하면 더 힘든 법이라서 말입니다. 바쁘신 분 같은데 용건을 얘기하시죠."

나유철의 도발적인 대답을 들은 옴스파크가 히죽 웃었다.

"역시 듣던 대로 배짱 하나는 두둑하군."

"제가 그거 빼면 헤드 없는 의체라서요."

"그래, 본론을 얘기하지. 자네가 거래하려던 헤드

말이야."

"지금쯤 터져서 이빨도 안 남았을 텐데요?"

"정확하게는 턱뼈와 살점의 일부가 남았지. 케이스가 위쪽에서 폭발했거든."

"그걸 들고 있던 친구는요?"

"살점 몇 개 남았다고 들었어. 별 관심이 없어서 말이야. 아무튼."

옴스파크가 다시 옆으로 한 걸음 움직이자 가려졌던 로고가 보였다. 바로 콤바인 사의 로고였다. 로고 자체는 어디서나 볼 수 있었지만 이런 실험실 같은 곳에서 보게 될 줄은 몰랐다. 나유철의 시선을 느낀 옴스파크가 말했다.

"여긴 콤바인 사의 제33 의체 실험실이네."

"흥미로운 곳에 왔군요. 그 헤드 때문인가요?"

나유철의 물음에 옴스파크가 비서를 바라봤다. 비서가 손목 안쪽에 있는 패널을 펼쳐서 홀로그램을 띄웠다. 옴스파크의 말대로 턱뼈 부분만 남은 헤드가 생명유지 장치 안에 들어가 있는 게 보였다. 옆에서는 로봇과 기술자들이 핀셋으로 조각들을 붙이는 중이었다. 눈에 보이지는 않지만 아마 치료용 나노 로봇들도 투입되었을 것이다.

“뭐 하는 겁니까?”

“현장에서 찾은 살점과 뼛조각들을 하나씩 맞춰 보는 거야.”

“굉장히 쓸데없는 짓을 하고 있군요. 어차피 재생도 안 될 텐데.”

“저건 좀 특별한 헤드라서 말이야. 자네 우리가 왜, 그리고 어떻게 4백 년 만에 지구에서 멀리 떨어진 프록시마에 자리를 잡았는지 알아?”

“그걸 모르는 사람은 없겠죠. 이 대단한 헤드 때문 아닙니까?”

“맞아.”

짧게 대꾸한 옴스파크는 자신의 손가락으로 헤드를 툭툭 건드렸다.

“이거 때문에 이곳으로 올 수 있었지. ‘19일 전쟁’으로 엉망이 된 지구를 버리고 말이야.”

*

대략 21세기에서 22세기로 넘어갈 즈음의 지구는 참 많은 문제가 있었다. 인구가 100억을 돌파하면서 자원이 부족해지기 시작했다. 설상가상으로 지구 온난화로 인해 각종 자연재해가 빈번해졌으며 21세기 초반에 번지기 시작한 코로나-19 바이러스를 필두로 각종 전염병이 끝없이 지구를 휩쓸었다.

아프리카에서 시작된 작은 분쟁은 차츰 다른 대륙으로 이어졌다. 중동과 중앙아시아로 번진 전쟁은 발칸반도와 동유럽을 끌어들였고, 이제 막 통일한 한반도에도 여파가 미쳤다. 결국 미국과 유럽, 그리고 동아시아의 일부 국가들과 중국과 러시아 연합 간의 대규모 전쟁이 벌어졌다. 최종적으로, 양쪽 세력은 핵탄두가 장착된 미사일을 쏘아대기 시작했다. 19일 동안 지구는 핵폭발이 끊이지 않았다. 19일째 되는 날, 양측 수뇌부가 숨어 있던 벙커가 거의 비슷한 시기에 핵탄두 미사일에 직격당하면서 전쟁은 끝이 났다.

전쟁은 시작한 사람은 있었지만 끝낸 사람은 없이 끝나고 말았다. 하지만 진정한 재앙은 그 이후부터 시작되었다. 핵폭발로 인한 기후 악화는 지구를 사람이 살기 어려운 곳으로 만들어버렸다. 지중해는 사막으로 변해버렸고, 태평양은 오염으로 인해 물고

기들조차 살 수 없는 곳이 되어버렸다. 핵폭발로 인해 지구 온난화가 가속화되면서 빙하가 녹으며 지표면이 줄어들었다. 강과 바다 근처에 있는 도시들이 물에 잠기고, 농사를 짓는 것도 거의 불가능해졌다.

인류의 78퍼센트가 19일 전쟁과 그 이후 5년 안에 사망했다. 나머지 인류는 살아남을 길을 찾아야만 했다. 해결 방법은 두 가지였다. 인류가 살 만한 손바닥만 한 땅을 차지하기 위해 다시 싸우는 쪽과 지구에 대한 희망을 버리고 우주로 나가는 쪽이었다. 다행스럽게도 프록시마 행성계의 프록시마 b 행성이 인류가 살 수 있을 만한 조건을 갖추고 있는 것으로 보여졌다. 문제는 거리였다.

지구로부터 대략 4광년 정도 떨어져 있어서 당시 인류가 가진 가장 빠른 속도를 낼 수 있는 스타샷 플랜으로 진행해도 대략 20년 정도 걸렸다. 금속으로 된 돛 형태의 솔라 세일에 고출력 레이저를 쏴서 속도를 높이는 것으로 대략 광속의 4분의 1 정도까지는 가속이 가능했다. 문제는 솔라 세일을 이용하면 탑재할 수 있는 무게가 적어지게 된다는 것이었다. 평균 70킬로그램 정도 되는 성인들과 그들이 20년 동안 먹고 마실 식량과 물, 그리고 활동공간까지 확보할 수가 없었다. 계획을 거의 포기해야 할 상황에 처했을 때 통일 한국의 인체 공학 연구소에서 성명진 박사의 주도 아래 의미심장한 실험이 성공했다. 바로 따로 분리해낸 머리를 생명유지 장치에 넣어서 오랫동안 생존시키는 실험이었다.

인간은 원래 목이 잘리면 죽는 존재다. 그런데 레이저 절단 기술과 급속 냉동, 그리고 나노 로봇을 응용한 생명 유지 장치의 개발에 성공한 것이다. 전쟁과 자연재해로 인해 중부 지역에서만 생활이 가능한 대한민국은 이런 연구 결과를 가지고 미국과 거래를 했다. 기술을 제공해주는 대신 함께 지구를 벗어나서 우주로 나갈 수 있게 협상했다. 양쪽이 힘을 합쳐서 막대한 물자와 기술을 투입한 끝에 '노아 1호'가 완성되었다. 거대한 솔라 세일을 우주에 띄우고, 거기에 생명유지 장치에 넣은 머리 일곱 개를 태워서 보내기로 했다. 라그랑주 포인트에서 조립된 노아 1호의 솔라 세일에 미국의 서부에 설치된 고출력 레이저들을 쏘아서 프록시마 b로 보냈다. 인간이 탑

승한다면 불가능한 계획이었지만 머리들만 태워서 보냈기 때문에 가능한 일이었다.

노아 1호가 프록시마 b에 도착한 것은 19년 후였다. 그리고 보내온 정보를 통해 인류의 생존이 가능한 것이 확인되자 대규모 이주 프로젝트인 방주 계획이 진행되었다. 그사이, 인간의 머리를 절단하는 기술은 발달했으며 인공 육체의 개발도 진행되었다. 인공 단백질로 배양된 근육과 피부, 그리고 세라믹으로 만든 뼈는 실제 인간의 육체와 거의 비슷했고, 분리한 머리를 결합하는 실험은 오랜 실패 끝에 드디어 성공하게 되었다.

2223년, 첫 번째 방주 프로젝트의 결실인 '방주 1호'가 훨씬 거대해진 솔라 세일을 펼친 채 우주로 나아갔다. 거기에는 6백 개의 머리와 인공 육체를 만드는 콤바인 머신 22대가 실렸다. 원래 6백 명의 인간이 탑승하는 것보다 거의 10분의 1 크기로 줄어든 덕분에 방주 1호는 빠른 속도로 나아갈 수 있었다. 이때부터 본격적으로 분리된 머리는 '헤드', 그리고 인공적으로 만들어진 육체는 '의체'라고 불렸다.

그러는 동안 첫 번째 우주선인 노아 1호와의 연락이 끊겼다. 육체 없이 헤드만 태워 보냈기 때문에 오랫동안 생존하는 건 불가능한 일이었다. 방주 1호가 도착해서 적응 기간을 보낸 다음에 두 번째 방주 2호가 출발하는 게 원래 계획이었다. 하지만 방주 프로젝트가 알려지면서 다른 나라들의 간섭과 방해가 이어졌다. 급기야 중국과 러시아의 잔존 세력들이 손을 잡고 대한민국을 공격했다. 막아낼 여력이 없던 대한민국은 모든 자원을 가지고 미국으로 떠났다. 그리고 방주 프로젝트는 더욱더 속도가 붙었다. 지구에 더 이상 희망이 없다는 게 확인되었기 때문이었다.

결국 2229년, 방주 2호를 시작으로 본격적인 이주가 시작되었다. '대 이주 시대'라고 불리는 이 시기에 수많은 우주선이 프록시마 b로 출발했고, 적지 않은 수가 폭발하거나 혹은 실종되었다. 다행히, 방주 1호는 노아 1호가 착지했던 '성명진 포인트'에 도착하는 데 성공했다. 그리고 헤드와 의체들이 순조롭게 결합되었다. 의체를 가지게 된 헤드들은 자원을 채취하고 도시를 건설했다. 뒤따라 도착한 헤드들 역시 의체와 결합하면서 생존해나가기 시작했다. 약 50년의 대 이주 기간 동안 2백만 개의 헤드가 출발해서 161만 개의 헤드가 도착했다.

성명진 포인트를 시작으로 수백 년 동안 프록시마 b와 주변의 행성 곳곳에 정착지를 만들고 도시를 세웠다. 테라포밍을 시도하면서 부족하나마 사람이 살아갈 수 있는 기반을 마련했다. 공장들이 세워지고 로봇과 우주선이 만들어지면서 근처의 다른 위성들로도 진출했다. 점점 프록시마 행성계에는 인간들이 자리 잡게 되었다.

인류는 새로운 고향에서 번성했지만 문제가 없는 건 아니었다. 전쟁과 이주로 인해 정부가 사라지면서 그 자리를 기업과 조합들이 대신 차지했다.

프록시마 b 행성이 비록 인간이 살 수 있는 환경이라고는 하지만 중력을 제외하고는 공기는 희박한 편이었다. 그러다 보니 공기도 만들어야만 했고, 사람들은 그 공기를 비싼 값을 주고 사야만 했다.

기업과 조합을 견제할 수 있는 조직이나 단체는 찾아볼 수 없었다. 이익을 최우선으로 하는 기업과 조합들의 횡포에 적지 않은 불만들이 있었지만 공기와 우주선을 비롯해서 그들이 만들어내는 것이 없으면 생활이 불가능했다.

또 하나의 문제는 의체였다. 헤드가 움직이기 위해서는 의체가 필요했다. 하지만 의체 개발과 판매를 장악한 콤바인 사는 가격을 엄청나게 올려버렸다. 우주선은 주로 조합들이 장악했고, 의체와 공기는 기업들이 장악했다. 콤바인 사는 최초의 의체 생산업체로서 다른 후발주자들을 온갖 방법으로 주저앉히는 방식으로 의체 생산을 독점했다. 가격이 너무 비쌌기 때문에 보통은 보험을 들어서 해결하는데 그 보험회사도 콤바인 사가 소유했다.

콤바인 사는 재력을 바탕으로 엄청난 규모의 사설 경찰과 헤드 헌터들을 대량으로 고용해서 자신들의 이익을 지켜나갔다. 그래서 가난한 헤드들은 제대로 된 의체를 구입하기 어려웠다. 인공 배양된 의체는 기간과 재료에 따라서 가격이 천차만별이었고, 당연히 가격이 낮을수록 의체의 건강 상태와 크기는 작았다. 더 가난한 헤드들은 그런 의체조차 구입하지 못했다. 모든 것은 크레딧으로 거래되었는데 의체를 구하지 못한 헤드들은 마치 물건처럼 거래되었다. 어차피 누군가 의체를 제공해주지 않으면 살아갈 수 없기 때문이었다.

기업과 조합들이 힘을 키우는 와중에 범죄조직들은 헤드를 마치 상품처럼 사고팔면서 힘을 키워나갔다. 민간에서도 헤드들을 불법적으로 사고파는 일이 빈번했으며, 크레딧이 말소되거나 마이너스인 헤드들이 의체를 갈아 끼우고 도망을 치기도 했다. 그렇게 불법으로 거래되거나 도주하는 헤드들을 수색하고 압수하는 직업을 헤드 헌터라고 불렀다. 헤드 헌터들은 조합과 기업에서 운영하는 경찰들과 함께 치안을 유지하는 일을 맡았다. 물론, 경찰들보다는 훨씬 더 위험하고 지저분한 일이었다.

*

생각에 잠겨 있던 나유철에게 옴스파크의 목소리가 들렸다.

"그래도 이번에 강철바퀴파와 거래한 걸 보니까 솜씨가 줄지는 않았더군."

"팀원들 상태가 좋았으면 실패하지는 않았을 겁니다."

대답을 들은 옴스파크가 가볍게 웃었다.

"자신감 하나는 마음에 드는군. 자네 그 거래가 어떻게 성사되었는지 아나?"

"프록시마 b의 지하도시에 있는 헤드 헌터 조합에서 익명의 의뢰인에게 받았습니다. 제가 세 번째로 지목되었고, 앞의 두 헤드 헌터가 위험도가 높지만 보상이 적다는 이유로 거절하면서 저에게 온 것이고 말이죠."

"반은 맞고 반은 틀려. 헤드 헌터 조합에 의뢰한 익명의 의뢰인은 내 비서일세. 그리고 세 번째로 지목된 게 아니라 사실상 첫 번째로 지목되었어."

"굳이 세 번째라고 한 이유는 가격을 깎으려고 그랬던 겁니까?"

가격이라는 말에 옴스파크는 크게 웃었다. 그러고는 비서를 힐끔 바라봤다. 아까처럼 생명유지 장치를 끄라고 할 줄 알고 살짝 긴장했지만, 다행스럽게도 옆으로 다가와서 팔에 부착된 홀로그램을 보여줬다. 거기에는 그동안 다른 건으로 강철바퀴파와 거래했던 내역들이 적혀 있었다. 나유철은 천천히 눈으로 읽었다.

"네 차례 시도했다가 헤드 헌터 여섯이 죽었군요. 둘은 치명상을 입어서 사실상 은퇴했고."

"데드맨 스위치 때문에 폭발되긴 했지만, 사실 자네가 가장 임무 달성에 가까이 접근한 헤드 헌터야."

"이 영광을 누구와 나눠야 할까요?"

"그런 배짱과 여유는 대체 어디서 나오는 거지? 전혀 그럴 상황이 아닌데 말이야."

"어차피 죽게 되면 할 말이라도 하고 싶어서요."

"요즘 찾아보기 힘든 타입이군. 그래서 자네 헤드를 처리하지 않고, 가지고 온 거지."

옴스파크의 말에 대략 낌새를 챈 나유철이 대답했다.

"전 좀 비싼 편입니다."

비서의 팔에서 나오는 홀로그램이 계약서로 바뀌었다. 내용을 눈으로 읽던 나유철은 깜짝 놀랐다.

"의뢰를 받아들이면 계약금으로 50만 크레딧, 성공하면 50만 크레딧 더!"

지금까지 헤드 헌터로 일하면서 받은 크레딧을 다 합친 것보다 훨씬 더 많았다. 거기다 아래쪽에 있는 조건도 헤드가 빙빙 돌 만큼 좋았다.

"최고급 사양의 전투용 의체를 무상으로 제공해주고 필요에 따라서 무제한 교환 가능. 이동 비용과 조사비용 모두 처리해주고 최고 사양의 무기 제공. 대신 계약 내용에 대한 것은 비공개로 할 것."

"어때? 조건이 마음에 들어?"

"대체 무슨 의뢰를 하려고 이렇게 어마어마한 조건을 내거는 겁니까?"

나유철이 시선을 옮기자 옴스파크는 어깨를 으쓱거렸다.

"쉽진 않지."

"뭡니까?"

"최초의 헤드를 찾는 거."

잠깐 멍해졌던 나유철은 크게 웃었다.

"노아 1호를 타고 프록시마 b로 온 그 헤드들 말입니까?"

"맞아. 최초의 헤드라고 불리지. 모두 일곱 개야."

"저도 잘 압니다. 하지만 그건 4백 년 전 얘기 아닙니까?"

"정확히는 398년 전이지."

"최초의 헤드들은 이곳에 도착해서 오래 생존하

지 못한 걸로 알고 있습니다만?"

"그렇게들 알고 있지."

옴스파크의 대답을 들은 나유철이 물었다.

"그럼 아닙니까?"

"연락이 끊긴 거지 죽었다는 증거는 없어."

"그렇게 믿고 싶은 건 아니고요?"

"크레딧이 많으면 믿음이 현실이 되지. 최초의 헤드에는 아주 중요한 정보가 들어 있어."

"무슨 정보 말입니까?"

"그게 뭔지는 자네까지 알 필요는 없을 거 같군. 하지만 거기에 있는 정보는 프록시마 행성계 전체를 장악할 수 있을 정도의 힘이 있지."

"의체를 독점 생산하는 것으로도 모자랍니까?"

"모자라. 아주 많이."

나유철이 어이가 없다는 표정으로 바라보자 옴스파크가 글자 그대로 잔혹하게 웃었다.

"내 욕심 때문에 자네가 처리되지 않고 살아남을 기회를 얻었어. 좀 더 겸손해지는 게 좋을 거야."

잠깐의 눈싸움 후에 나유철이 바로 시선을 내렸다.

"알겠습니다. 강철바퀴파부터 조사해서 단서를 찾겠습니다."

"거긴 조사할 필요 없어. 아니, 할 수 없을 거야."

"왜요?"

어깨를 으쓱거린 옴스파크가 대답했다.

"우리 회사 소속 경찰들이 모든 조직원을 죽였으니까, 그들은 저 헤드만 가지고 있었어."

"그럼, 어디부터 조사하면 됩니까?"

나유철의 대답을 들은 옴스파크가 비서를 바라봤다.

"나머지는 내 비서와 얘기하게. 일단 의체부터 장착해."

옴스파크가 비서를 힐끔 보고는 뒤쪽에서 열린 문으로 나갔다. 그 모습을 지켜보던 나유철이 갑자기 소리쳤다.

"그런데 궁금한 게 있습니다."

귀찮다는 표정으로 돌아본 옴스파크에게 나유철이 물었다.

"콤바인 사에는 솜씨 좋은 헤드 헌터나 기업 경찰들이 많을 텐데 왜 나한테 맡기는 겁니까? 그것도 막대한 보상까지 제시하면서 말입니다."

잠시 입을 다물고 있던 옴스파크가 나유철을 지그시 바라봤다.

"우리 회사의 복잡한 내부 사정과, 불법으로 거래되는 헤드들에 대해서 자네만큼 잘 아는 헤드 헌터는 없으니까. 자네가 우리 회사 소속이었다면 이런 의뢰는 없었을 걸세. 이 정도면 의문이 해결되었어?"

"어느 정도는요."

"행운을 비네."

옴스파크가 문 너머로 사라지자 양옆에 서 있던 경비용 가드 로봇들도 뒤따라서 사라졌다. 홀로그램을 끈 비서가 반대편 입구로 움직이자 나유철의 헤드가 있는 생명유지 장치도 바닥에 있는 바퀴가 움직이면서 천천히 돌았다. 입구 옆에 있는 대형 거울이 보이자 슬쩍 바라봤다. 절단된 목 부분에 금속링이 끼워져 있고, 몇 개의 선이 이어진 채 허공에 뜬 것 같은 형태였다.

'굉장히 고급스럽군.'

보통은 필수장비가 든 간단한 생명유지 장치가 있는 금속 케이스에 손으로 넣었다가 빼는 게 전부였다. 나유철의 속마음을 읽었는지 비서가 무표정하게 말했다.

"지금 들어 있는 생명유지 장치만 해도 10만 크레딧이 훌쩍 넘어요."

"지금까지 내가 장착했던 의체들을 다 합쳐도 절반밖에 안 되는 가격이네요."

"절반 이하죠. 지금까지 당신이 사용한 의체들은 다 합해봐야 4만 크레딧이 조금 넘으니까요."

그걸 어떻게 아느냐고 물어보려다가 입을 다물었다. 그동안 콤바인 사에서만 의체를 구입했기 때문에 정보가 있는 건 당연하다는 생각이 들었다. 문밖으로 나가자 방 전체가 위로 올라갔다. 잠시 후, 문이 다시 열리고 바이오 용액 탱크 안에 든 의체들이 보였다. 피부색과 크기에 따라서 분류된 곳을 지나서 제일 안쪽으로 들어가자 유리로 둘러싸인 공간이 보였다. 비서가 다가가자 센서가 한 번 스치고 지나가면서 문이 열리며 거대한 바이오 용액 탱크가 나타났다. 안에 있는 의체 하나를 본 나유철은 입을 다물지 못했다.

"우와!"

아까 본 옴스파크의 의체보다는 못했지만 지금까지 본 의체 중에 가장 균형 잡히고 완벽했다. 피부도 상처 하나 없이 매끈했고, 하얀색이었다. 놀란 나유철을 본 비서가 말했다.

"RY-11Q 모델입니다."

"처음 들어본 이름이네요."

"시중에 판매되는 게 아니라 회장님 전용의 의체를 개발하는 과정에서 나온 프로토 타입입니다. 의체랑 결합해야 하니까 그대로 있어주시기 바랍니다."

나유철이 대답을 하기 전에 헤드가 기계팔에 들려서 침대에 누워 있는 의체와 결합되었다. 금속링이 끼워지는 소리와 함께 몇 가지 테스트가 진행되었고, 완료되었다는 비서의 목소리가 들렸다.

2

방주 1호

눈을 뜬 나유철은 자신의 헤드와 의체가 결합된 것을 확인했다. 가장 먼 발가락부터 무릎까지 다리를 살짝 움직여봤고, 문제없이 움직이는 걸 확인한 다음에는 손가락을 시작으로 팔을 천천히 움직였다. 의도한 대로 의체가 움직이자 안도의 한숨을 쉬었다. 높은 확률은 아니지만 헤드와 의체를 결합할 때 문제가 발생할 수 있었다. 아예 움직이지 않게 되면 불법 시술을 한 의사들은 번거롭고 귀찮게 신고를 하는 대신 의체와 헤드를 함께 몰래 파묻거나 파괴해버리곤 했다. 결합이 제대로 되지 않아서 손이나 발을 제대로 움직이지 못하는 경우도 적지 않았다. 그래서 의체를 교체할 때마다 항상 조마조마해 하곤 했다. 문제가 없다는 걸 확인하고 안도의 한숨을 작게 내쉬는데 비서의 목소리가 들렸다.

"의체와 제대로 결합되었으니까 염려 마세요. 우린 실수하지 않아요."

"다행이군요."

"잠시 후에 로봇이 옷과 크레딧이 채워진 웨어러블 워치를 가져올 겁니다. 의체도 그렇지만 웨어러블 워치에도 몇 가지 기능이 있으니까 조사할 때 쓰세요. 이제 입고 나가시면 됩니다."

"조사는 어떤 방식으로 하면 됩니까?"

나유철의 물음에 비서가 말했다.

"우린 의뢰만 할 뿐, 개입하지는 않습니다."

한마디로 알아서 하라는 얘기였다. 나유철은 잠깐 반감이 들었지만 제안받은 크레딧을 떠올리고는 다시 공손해졌다.

"어, 무슨 감시 장치 같은 거 안 붙입니까?"

나유철의 물음에 비서가 대답했다.

"의체 안에 위치 추적 장치와 음성 탐지 센서가

장착되어 있어요."

문으로 나가려던 비서가 갑자기 생각난 듯 돌아섰다.

"그리고 당연한 얘기겠지만 의뢰 내용과 의뢰인은 절대 비밀입니다."

"헤드 헌터의 기본 중의 기본이 바로 비밀이죠."

"그 기본을 거래 대상으로 삼는 경우들이 종종 있어서요."

분위기가 워낙 싸늘해서 그게 누구냐고 뭔지 물어볼 분위기도 아니었다. 비서가 사라지고 잠시 후 가사 보조용 로봇이 들어왔다. 네 바퀴를 단 몸통에는 상자가 있어서 물건을 넣을 수 있고, 집게로 된 두 팔로 물건을 집을 수 있도록 되어 있었다. 가까이 다가온 가사 보조용 로봇이 상자의 뚜껑을 열었다. 안에는 온도 조절과 방탄 기능이 함께 되는 옷과 웨어러블 워치가 놓여 있었다. 옷을 입고 웨어러블 워치를 찬 그에게 가사 보조용 로봇이 말했다.

"이것도 받으십시오."

로봇이 건네준 것은 최고급 사양의 공기 정화 마스크였다. 마스크를 쓰고 옆의 스위치를 누르자

내장된 팬이 돌아가는 소리가 났다.

"입구까지 안내해드리겠습니다. 따라오십시오."

가사 보조용 로봇을 따라 입구까지 나온 나유철은 계단을 내려갔다. 비싸 보이는 의체에 깔끔한 양복 차림의 콤바인 사 직원들이 쉴 새 없이 오가는 중이었다. 앞에는 공중 부양 택시들이 줄지어 서서 손님들을 기다렸다. 그중 하나에 올라탄 나유철은 행선지를 묻는 인공지능 운전사에게 대답했다.

"모스크로 데려다줘."

"거긴 위험 구역이라 갈 수 없습니다."

"알겠으니까 입구에 내려달라고."

수용하겠다는 말과 함께 공중 부양 택시가 서서히 떠올랐다. 뜬 상태에서 방향을 튼 공중 부양 택시는 모스크가 있는 방향으로 움직였다.

도시가 커지면서 자연스럽게 계급에 따라 거주지가 구분되었다. 콤바인 같은 회사나 조합의 사무실이 있고, 그곳에서 일하는 직원들이 거주하는 중심지는 공기를 비롯해서 기반 시설이 잘 되어 있었고, 치안도 안전한 편에 속했다. 반면, 가난한 사람들이 거주하는 변두리는 기반 시설이 엉망인 것은 물론이고, 치안도 불안했다. 공기 순환 장치가 제대로 설치되어 있지 않았고, 그나마 설치된 것들도 고장이 잦았다. 크레딧이 없다면 남의 것을 빼앗는 수 밖에는 없었기 때문에 어린이부터 노인까지 거칠기 그지없었다.

그중에서도 모스크라고 불리는 지역이 최악이었다. 의체조차 살 수 없어서 헤드만 남은 사람들이 마지막으로 가는 곳이었다. 그곳에는 범죄자들과 가난한 사람만이 있었고, 조합이나 기업 모두 관심을 가지지 않았다. 환각성 약물인 슈트도 쉽게 구할 수 있었고, 헤드는 물론 의체의 불법적인 개조와 거래도 이뤄졌다. 공중 부양 택시가 갈 엄두를 내지 않는 것도 이해가 갔다. 하지만 그곳에서 태어나고 자란 나유철에게는 고향 같은 곳이나 다름없었다.

한참을 달리던 공중 부양 택시는 모스크의 입구가 보이는 곳에서 멈췄다. 바닥에 착륙한 택시에서 크레딧으로 결제를 하고 나온 나유철은 천천히 입구 쪽으로 걸어갔다. 모스크 주변에는 깨끗한 공기를 한 모금 마실 수 있게 도와달라고 구걸하는 거지

들과 호시탐탐 남의 주머니를 노리는 좀도둑, 그리고 의뢰를 받은 헤드 헌터들이 득실거렸다. 하지만 거지와 도둑, 헤드 헌터들은 나유철의 곁에 얼씬도 하지 않았다. 먼발치에서 시선을 피하는 그들을 바라보며 걷던 나유철은 모스크 앞에 도착했다.

사실, 모스크에는 벽 같은 건 없었다. 다만, 집들이 다닥다닥 붙어 있어서 벽처럼 둘러싼 형태였고, 입구는 건물 중 하나가 무너지면서 생긴 구멍이었다. 사람이 드나들기 시작하면서 일종의 입구 역할을 하게 된 것이었다. 입구에는 모스크에서 힘깨나 쓰는 폭력 조직인 '케이슨 44'의 조직원들이 보였다. 조직원들은 팔과 다리에 기계로 된 의수나 의족을 달고 있었다. 콤바인 사에서는 자신들이 판매하는 의체를 개조하는 것을 엄격하게 금지했는데, 기계 의수나 의족을 사용하는 헤드에게는 절대로 의체를 판매하지 않았다. 그러다 보니 저런 자들은 다른 헤드를 죽이고 의체를 탈취하거나 혹은 몰래 만든 의체를 사야만 했다. 어느 경우든 인생을 제대로 살 가능성은 없었다. 거기에 온몸이 문신으로 뒤덮여 있어서 보통 사람들과는 외양부터 많이 달랐다.

공중 부양 택시에서 내린 나유철이 다가가자 입구를 지키던 조직원 몇 명이 노려봤다. 다행스럽게도 안면이 있는 조직원이 있었다. 대머리 뒤통수에 메탈을 씌운 헤드를 가진 그 남자가 조직원들에게 총을 내리라고 하고는 나유철에게 물었다.

"어이, 오랜만이야. 얼마 전에 에너지 드링크 바에서 폭발로 머리만 남았다고 하던데."

"엄청 비싼 보험을 들어놨었어."

"다행이군. 여긴 어쩐 일이야?"

"키케로 영감 만나러 왔어."

나유철의 대답을 들은 조직원이 옆으로 물러나면서 말했다.

"영감 만나면 안부 전해줘."

사실상 통행료를 받지 않고 출입을 허용해준다는 뜻이었다. 예전에 나유철이 어느 케이슨 44 조직원 어머니의 헤드가 납치당했을 때 찾아준 적이 있어서, 일종의 혜택인 셈이었다. 거리는 여전히 지저분했다. 제대로 포장되지 않은 길은 각종 오물과 쓰레기로 넘쳐났고, 환각성 약물인 슈트에 취한 사람들이 시체처럼 쓰러져 있었다. 슈트에 중독되면 의체뿐만 아니라 헤드 역시 손상되었지만 모스크에서의 삶은 슈트조차 사치였다. 대부분 재생 마스크를 쓰고 있었는데 슈트에 중독된 사람은 그것조차 없었다.

널브러진 사람들을 지나서 골목길 안쪽으로 들어가자 여기저기 손으로 쓴 간판들이 보였다. 대부분 의체 개조 수술을 해준다는 것으로 불법이라는 것을 감추거나 간판이 아주 작게 적었다. 콤바인 사 말고도 의체를 만드는 곳은 있었지만 기술력이 떨어졌기 때문에 품질이 낮은 의체를 더 비싼 가격에 사야만 했다. 하지만 콤바인 사의 의체 역시 구입할 생각도 못할 만큼 매우 비쌌기 때문에 모스크에 사는 사람에게는 그림의 떡이었다. 어쩔 수 없이 중고 거래되거나 훔치거나 어디선가 흘러나온 의체를 가져야만 했다.

물론 프록시마 행성에서 새로 태어난 사람들은 의체를 구입하지 않고 원래의 신체로 살아가려고 시도하기도 했다. 하지만 다른 행성으로 가기 위해서는 의체가 필요했고, 병원이나 기타 모든 사회 시스템이 의체를 가지고 있는 걸 전제로 짜였기 때문에 너무 불편했다. 제대로 된 일자리를 구하기 어려웠고, 무엇보다 보험 가입이 거부되었다. 그런 불편함을 감수하고 태어난 신체를 그대로 사용하는 사람들을 '천연인'이라고 불렀다. 나유철이 만나기로 한 키케로 역시 몇 안 되는 천연인 중 한 명으로, 아마 그중 가장 유명한 사람일 것이다.

나유철은 천천히 걸어가면서 주변을 살폈다. 아무리 모스크에 오래 살았다고 해도 항상 조심해야만 했다. 다행스럽게도 키케로가 사는 허름한 집에 도착할 때까지 큰 문제는 없었다. 좁은 계단을 올라가자 낡은 문이 보였고, 위쪽에 달린 감시용 인공지능이 질문을 던졌다.

"누구냐?"

"나유철, 직업은 헤드 헌터, 키케로를 만나러 왔어."

"미리 예약하지 않으면……."

인공지능이 계속 말을 시킬 거 같아서 나유철은 그냥 철문을 열었다. 안에서 잠겼는지 열리지 않자 발로 걷어찼다. 새로 받은 프로토타입의 의체는 엄청난 힘을 발휘했다. 문이 찌그러지자 결국 안에서 그만하라는 외침이 들렸다. 잠시 후, 문이 열리고 허리가 굽은 노인이 혀를 차며 맞이했다.

“그놈의 성질머리는 의체를 교체하면 좀 나아져야 하는 거 아니야?”

나유철은 심드렁하게 대꾸했다.

“의체를 교체하는 거지 헤드를 바꾸는 건 아니잖아요.”

“아무튼 들어와.”

나유철은 문을 닫은 키케로에게 물었다.

“경비용 인공지능은 왜 저렇게 싸가지가 없는 겁니까?”

“업그레이드를 안 하니까 인공지능 회사에서 손을 쓴 거 같아.”

“다음번에는 아예 욕을 할지도 모르겠습니다.”

“떼어버리든지 해야지. 원.”

각종 책과 종이들이 쌓여 있는 좁은 복도를 지나자 흔들의자가 놓인 공간이 나왔다. 흔들의자에 앉은 키케로가 테이블을 바라봤다. 네 다리 둥근 몸통을 가진 티 서비스용 소형 로봇이 까닥거리며 다가오더니 몸통에 달린 팔로 아래쪽에서 꺼낸 컵을 꺼냈다. 그리고 다리를 움직여서 몸통을 앞으로 기울였다. 주전자처럼 생긴 머리에서 차가 흘러나왔다. 차가 따라진 잔을 든 키케로가 흔들의자에 앉은 채 한 모금 마셨다.

작은 체구에다 얼굴에는 검버섯이 가득했다. 허리가 구부정한 몸 역시 쇠약해진 게 한눈에 보였다. 몸을 의체로 계속 교체하면 대략 2백 년까지는 살 수 있다. 반면, 그냥 몸이라면 대략 70년 정도밖에 살지 못한다. 역사가라고 불리는 키케로의 남은 삶은 얼마 남지 않은 게 확실했다. 찻잔을 내려놓은 키케로가 나유철을 바라봤다. 몸은 의체로 교환하지 않았지만 안구만큼은 인공 안구로 교체했다. 봐야 할 자료들이 너무 많은데 눈에 나빠지고 있었기 때문이었다.

"그래, 무슨 일로 날 찾아왔어? 얼마 전에 폭발로 의체가 박살 났다고 하던데."

"새로 하나 장만했습니다."

맞은편 의자에 앉은 나유철을 위아래로 훑어본 키케로가 대답했다.

"시중에서 판매하는 모델 같지가 않은데?"

"대충 보면 압니까?"

"어깨의 넓이가 시중에 판매되는 의체보다 길어서 말이야."

"역시 예리하시군요. 컴바인 사에서 직접 준 물건입니다."

"거기서 너한테 왜? 자기네 헤드 헌터도 많은데?"

"세상에는 예외라는 게 늘 있으니까요."

"10년 전인가 그런 적이 있었지. 그때 날 찾아온 헤드 헌터도 똑같은 말을 했어."

"그래서 어떻게 되었는데요?"

"프록시마 c로 간다고 했다가 실종되었어. 우주선에 타긴 했는데 내릴 때는 없어진 거지."

"우주로 방출되었군요."

나유철의 대답에 키케로는 애매하게 고개를 끄덕거렸다.

"여러 가지 소문이 있어. 헤드와 의체가 들어간 케이스에 문제가 있었다는 얘기도 있었고."

"그런 일을 피하려고 영감님을 만나러 왔습니다."

"별 도움이 안 될 텐데?"

"그럴 리가요. 우리 시대의 증인이면서."

키케로라는 이름 역시 지구에 있던 로마라는 나

라의 역사가를 본뜬 것이라고 예전에 얘기한 적이 있었다. 키케로는 어릴 때부터 책과 문서들을 좋아해서 읽고 또 읽었다. 간혹 크레딧을 벌면 자료들을 사는 데 썼다. 프록시마 행성계는 물론이고 인간들이 이전에 살던 지구에 대한 역사까지 모르는 게 없었다. 나유철은 모르는 게 있으면 항상 키케로에게 찾아와서 묻곤 했다. 지금처럼 얼토당토않은 걸 찾아야 하는데 단서가 아무것도 없을 경우 키케로를 가장 먼저 찾는 게 일의 시작이었다.

차를 한 모금 더 마신 키케로가 탁자에 있는 낡은 타임 워치를 눌렀다. 누군가 찾아와서 뭔가를 물으면 이런 식으로 시간을 계산한 다음에 크레딧을 요구했다. 나유철은 예전에는 타임 워치를 누르기만 하면 쉴 새 없이 물었지만, 지금은 그러지 않아도 되었기 때문에 여유롭게 말했다.

"나도 차 한 잔 마시고 싶은데."

혼잣말처럼 중얼거리는 얘기를 들은 키케로는 살짝 놀란 표정으로 티 서비스용 소형 로봇을 바라봤다. 탁자 위를 아장아장 걸어온 로봇은 아까처럼 잔을 꺼내고 뜨거운 차를 부어주었다. 차를 마시는 나유철을 본 키케로가 입을 열었다.

"예전이랑 다르군. 재미난 의뢰를 받은 모양이야."

"그런 셈이죠."

"걱정했는데 다행이군. 요즘 헤드 헌터들은 너무 재미가 없어서 말이야. 그래 무슨 의뢰인데 날 찾아온 거야?"

"최초의 헤드에 대해서 알아보고 있는 중입니다."

나유철의 얘기를 들은 키케로가 순간적으로 찻잔을 놓칠 뻔했다. 티 서비스용 로봇이 네 다리로 다가와서는 아래쪽에 있던 수건으로 테이블에 흘린 차를 닦았다. 어색하게 웃은 키케로가 물었다.

"벌써 오래전 일이야. 그걸 누가 의뢰한 거지?"

"헤드 헌터는 의뢰인에 대해서 얘기하지 않습니다."

"그렇지. 미안하네. 최초의 헤드에 대해서 뭐가 궁금한가?"

"전부 다요."

진짜 궁금한 건 따로 있었지만 일단 가능한 한 많은 얘기를 들어보기로 했다. 잠깐 멍하게 앉아 있던 키케로는 흔들의자에서 일어나더니 종이 뭉치들이 있는 곳으로 걸어갔다. 그리고 잠시 후, 비닐에 쌓인 종이 뭉치를 가지고 돌아왔다. 로봇이 재빠르게 치운 테이블 위에 종이 뭉치를 올려놓은 키케로는 손가락에 침을 묻혀가면서 한 장씩 넘겼다. 그러고는 종이를 바라보면서 나유철에게 물었다.

"최초의 헤드에 대해서는 거의 대부분 알고 있잖아."

"그건 전설 같은 거고요. 실제와는 다른 게 좀 있지 않습니까?"

"어디 보자. 대한민국의 성명진 박사가 최초로 헤드 분리 기술을 개발했고, 그걸 토대로 노아 1호에 일곱 개의 헤드를 태워서 이곳으로 보낼 수 있었지."

"그 헤드들은 어떻게 되었습니까?"

"애초에 생존을 염두에 두고 태워서 보낸 건 아니었어. 헤드를 분리해서 보내는 것이 가능할지에 대한 실험이었으니까 말이야."

"그 헤드를 손에 넣으면 어떤 힘 같은 걸 얻을 수 있습니까?"

나유철의 물음에 키케로가 이해가 안 간다는 표정으로 대답했다.

"힘? 골동품으로서는 가치가 있겠지. 어쨌든 최초니까."

"방주 1호를 타고 온 사람들이 헤드를 수습하거나 보존하지 않았습니까?"

"그럴 여유가 없었어. 처음이라 모든 게 서툴렀고 기본적인 것조차 빼먹어서 고생을 했거든. 예를 들어서 공기정화 장치를 필요한 수량보다 절반밖에 가져오지 않았어. 그것도 착륙하는 과정에서 절반이 부서졌고 말이야. 착륙 과정에서 방주 1호가 파손되면서 정착지 건설에도 애를 먹었지."

"대 이주 시대에 관련 기록들이 하나도 없습니까? 그건 그거대로 이상한데요?"

나유철의 물음에 키케로가 침을 묻히며 종이를 한 장 뒤집었다.

"안 그래도 그 얘기를 하려고 했어. 방주 1호의 사정이 어려웠던 건 크로스 체크가 가능했지만 그래도 아예 관심을 가지지 않았다는 건 좀 이상해. 왜냐하면 최초의 헤드들이 이곳에 착륙하면서 채집한 정보들이 필요했을 텐데 말이야."

"그런데 관련 기록들이 없다는 얘깁니까?"

"많긴 하지."

종이를 들여다보면서 말을 멈췄던 키케로가 고개

를 들어서 나유철을 바라봤다.

"그런데 대부분은 몇십 년 후의 기록들이야. 그러니까 그 시대가 아니란 거지."

"왜 그런 거죠? 기록할 여유가 없었던 겁니까?"

나유철이 질문을 하자 키케로가 종이를 내려놓고 차를 한 모금 마셨다.

"초창기는 그랬겠지만 몇 년 사이에 여유가 생기긴 했어. 초창기 정착 기록들은 당시 임명된 기록관들이 남겨놓은 게 대부분이야. 관련 자료는 낙서한 메모까지 구해서 봤는데도 없어. 놀랄 만큼."

키케로의 얘기를 듣고 혼란을 느낀 나유철이 물었다.

"그럼 혹시 최초의 헤드에 관한 얘기는 거짓이었습니까?"

"그러기에는 출발 기록들이 너무 많아. 노아 1호가 출발할 때 많은 관심을 받은 상태라서 온갖 기록들이 남았지. 일관적으로 출발했다는 기록이 나오고 있으니까 그 자체는 거짓이 아니야."

"그럼 왜 도착 후의 기록이 없는 거죠?"

"두 가지로 추측할 수 있어. 하나는."

주름진 손가락을 펼친 키케로가 덧붙였다.

"누군가 어떤 의도를 가지고 최초의 헤드들에 관한 기록을 말살한 거지."

"누가요?"

"방주 1호에 타고 있던 헤드들 중에 일부가 그랬을지 모르지. 이주 위원회를 제거하는 과정에서 같이 말살했을 가능성이 커."

"이주 위원회요?"

"그래, 원래 지구에서 인간들은 정부라는 걸 가지고 있었지."

"들은 적이 있습니다."

나유철의 대답에 키케로가 다른 종이를 집으면서 입을 열었다.

"이곳에 와서도 비슷한 걸 만들려고 했었지. 떠나기 전에 미리 정해놓은 대로 말이야."

"그런데 왜 사라진 겁니까?"

"지구에서 온 헤드들이 남긴 증언들을 보면 정부에 대한 불신과 반감이 컸던 것 같아. 19일 전쟁과 이후에 벌어진 전쟁들은 사실상 정부가 강제로 벌인 것이니까. 이곳에 온 헤드들 상당수는 그 전쟁으로 가족이나 친구를 잃은 상태라서 더더욱 그랬지. 거기다 지구에서라면 군대와 경찰이 있어서 싫어도 말을 들을 수밖에 없었지만 4광년이나 떨어진 이곳에서는 그런 게 없었잖아."

"그래서 제거된 겁니까?"

고개를 끄덕거린 키케로가 대답했다.

"헤드와 의체가 결합되고 본격적으로 정착지를 만든 지 일주일째 되는 날, 반감을 가진 인간들이 몰래 빼돌린 금속으로 만든 칼과 창으로 이주 위원회의 위원들을 습격했지. 하루 동안 벌어진 학살로 이주 위원회의 구성원들은 모두 사라졌어."

"그걸로 끝이었습니까?"

"물론 아니지. 다음으로 온 방주 2호와 3호에도 이주 위원회 소속 위원들이 왔었지."

"그들도 제거당했습니까?"

"일부는 제거당하고 일부는 항복했지. 어차피 1호에 타고 온 인간들이 정착지를 만들고 주도권을 장악한 상태라서 반기를 들기 어려운 분위기였다고 당시 기록에 남아 있어."

"그게 최초의 헤드들에 관한 기록들이 사라진 것

과 연관이 있습니까?"

"그걸 주도한 게 바로 콤바인 사의 수리 기술자인 오니드와 남정훈이라는 인물이었어. 그리고 그들과 협조해서 이주 위원회를 제거한 인물들은 우주선과 솔라 세일 관련 기술자들이었어. 그들이 나중에 조합을 만들었지."

"새로운 권력이 된 셈이군요."

"맞아. 하지만 그들은 영리했지. 정부에 대한 반감을 이용해서 주도권을 잡았기 때문에 절대로 그에 해당되는 조직을 만들지는 않았어. 대신 기업과 조합을 만들어서 부와 권력을 축적했지."

"결국 정부를 대신한 것이군요."

"그런 셈이지. 이때 자신들이 저지른 짓을 감추기 위해 이주 초창기 기록들을 일부러 없앴다는 주장이 있어."

"피를 묻혔다는 걸 감추려고 했군요."

"맞아. 당시 이들에게 반발하던 사람들은 쥐도 새도 모르게 붙잡혀가서 헤드가 뽑혀버리거나 정착지 밖으로 추방당했어. 그들 중에 일부가 멀리 떠나서 만든 곳이 바로 '무릉도원'이지."

"사라진 헤드들이 간다는 전설의 도시 말입니까? 실제로 있던 곳입니까?"

"규모로 봐서는 초창기 정착지 수준이었을 거야. 존재했다는 실질적인 증거들이 있긴 하지. 그곳을 공격한 토벌대원의 일기를 가지고 있거든."

"이런저런 이유로 최초의 헤드들에 대한 기록을 없애고 감췄다는 뜻입니까?"

나유철은 질문을 하면서 생각에 잠겼다. 콤바인 사의 대표인 옴스파크가 최초의 헤드를 찾는 이유를 알 수 없었다. 키케로의 말이 사실이라면 자신들이 없애고 기억을 지운 헤드를 이제 와서 큰돈을 들여서 다시 찾는 꼴이었다. 생각에 잠긴 나유철을 본 키케로가 말했다.

"이 가설이 별로 마음에 들지 않는 눈치로군."

"의뢰인의 처지와 관련해서 생각해보면 앞뒤가 안 맞거든요."

"그럼 두 번째 가설을 얘기해보겠네."

"그래 주십시오."

"아주 초기에 지진이 발생했다는 기록이 있어."

"지진이요?"

나유철의 물음에 키케로가 고개를 끄덕거렸다.

"규모가 어느 정도인지 피해가 얼마만큼 발생했는지 정확하게 알 수는 없지만 타격이 있었던 건 확실해. 초창기 정착지를 버리고 이동했으니까. 그 귀한 자재들로 만든 곳을 놔두고."

"최초의 헤드들이 그 지진으로 파괴되었다는 말씀입니까?"

"직접적으로 관련된 증거는 없네. 하지만 초기에 관련 기록들이 없어지고, 언급도 되지 않는 걸 보면 지진 때문에 최초의 헤드들이 땅속으로 묻혔거나 파괴되었을 수도 있어. 그리고 마지막으로 한 가지 더 개인적으로 생각했던 게 있는데."

"말씀해보십시오."

키케로는 나유철의 재촉에 잠깐 헛기침하고는 입을 열었다.

"최초의 헤드들이 도착한 곳이 이곳이 아닐 수도 있네."

"예?"

정말 예상 밖의 말이라 나유철은 깜짝 놀란 표정으로 되물었다.

"그럼 어디에 도착했다는 겁니까?"

"프록시마 d."

"원래는 프록시마 b에 오기로 한 거 아니었습니까?"

"그랬지. 하지만 노아 1호는 이곳에 도착하는 게 기적이었을 정도로 조잡한 성능이었다는 걸 감안한다면 항로를 잘못 계산했거나 마지막에 뭔가 문제가 있었던 것 같아. 어쨌든 프록시마 d도 이곳과 같은 환경을 가지고 있었으니까 그 자체가 큰 문제는 아니었을 거야."

"그들에 관한 기록이 없는 게 다른 행성에 있어서였던 겁니까?"

"내 가설일세."

"가설을 세울 만한 증거가 있습니까?"

"초창기 기록을 보면 말이야……."

다시 종이 뭉치를 뒤지던 키케로가 덧붙였다.

"최초의 헤드들이 지구로 보낸 통신문에는 두 개의 행성이 보인다고 했어. 파란색이 위쪽에, 그리고 노란색 행성이 아래쪽에. 하지만 프록시마 b에서는 한 개의 행성만 보여."

"위쪽에 뜬 파란색이죠. 다이달로스."

"맞아. 그러니까 최초의 헤드들이 도착한 곳은 여기가 아닐 수 있지. 그리고 방주 1호를 타고 온 인간들이 정착지를 만들고 나서 최초의 헤드들을 수거했다는 기록들이 없어. 초기에 일어난 혼란을 덮기 위해서 기록들을 없애버렸을 수도 있지만 하나도 없다는 건 어색한 일이지. 그리고 또 하나, 최초의 헤드들이 착륙한 곳은 '고요의 바다'라는 곳이야."

"그곳이 성명진 포인트인가요?"

"다들 그렇다고 믿고 있는데 의심스러운 구석이 좀 있어."

"뭐가요?"

"정착지가 완성된 이후에나 성명진 포인트라는 용어를 사용했어. 그전에는 14.26이라는 용어를 지명처럼 썼지."

"14.26이요?"

"지구에서 프록시마 b를 관측해서 숫자로 나눈 포인트지. 만약 성명진 포인트에 내렸다면 굳이 숫자로 된 지명을 쓸 필요가 없잖아."

"그렇겠죠?"

나유철이 동의하자 키케로가 종이를 들여다보면

서 계속 말했다.

"그러니까 최초의 헤드들이 내린 고요의 바다와 성명진 포인트는 다른 곳이라는 걸 유추할 수 있어. 그런데 이주 계획은 처음부터 끝까지 아주 철저하게 짜여졌단 말이야. 인간들이 생존할 유일한 기회니까, 그런데 착륙지점을 헷갈렸거나 잘못 알 수는 없었어. 만약 수뇌부가 그걸 알았다면 어떻게든 감추려고 했겠지. 계획이 어긋나면 문제가 된다고 생각할 수 있으니까."

"기업이나 조합이 억지로 감췄다는 말입니까?"

"당시에는 기업이나 조합이 지금처럼 힘이 센 것도 아니었어. 거기다 자리를 잘못 잡은 건 이주 위원회지 그들이 아니었어. 그러니까 기업이나 조합이 일부러 감췄다는 것도 당시 상황을 감안하면 사실이 아니지. 이런 것들을 모두 감안하면 해답을 유추할 수 있어. 안 그래?"

키케로의 질문에 나유철이 대꾸했다.

"아예 다른 행성이라면 그들에 대한 기록이 없을 수도 있겠군요. 감춘 게 아니라 없었으니까요."

"그렇지. 그리고 오니드가 몰래 최초의 헤드를 찾

으라는 지시를 내렸다는 보고서를 본 적이 있어. 그들도 최초의 헤드가 어디 있는지 몰랐다는 뜻이지."

키케로의 얘기를 들은 나유철은 결론을 내렸다.

"프록시마 d도 가봐야겠군요."

"여기보다는 찾을 가능성이 클 거야. 하지만 장담하기는 어렵지. 지금까지 남아 있었다면 골동품 시장에 나왔을 테니까."

"강철바퀴파가 그걸 거래하려고 했어요."

"이제는 없어진 조직이지. 콤바인 사의 기업 경찰과 헤드 헌터들이 그야말로 샅샅이 뒤져서 찾아내 죽이더군. 덕분에 헤드 수십 개가 시장에 나왔어."

폭발로 인해서 죽다 살아난 것이나 다름없던 나유철은 이를 갈았다.

"헤드를 사고팔던 놈들이 자기가 팔려 가는 신세가 되었군요."

"옛날 동양 속담에 '인과응보'라는 게 있었지."

"무슨 뜻입니까?"

"자신이 행한 대로 돌려받는다는 뜻일세."

"놈들의 인공지능 데이터베이스가 어디 있는지 아십니까?"

"거긴 왜?"

"확인해볼 게 있어서요."

"이미 다른 놈들이 차지했을 거야."

나유철의 표정을 살핀 키케로는 말없이 종이의 모서리를 뜯은 다음에 펜으로 글씨를 적었다. 그걸 건네받은 나유철은 글씨를 읽고는 종이를 돌려줬다. 키케로는 종이를 씹어서 삼켰다. 나유철이 천천히 자리에서 일어났다. 키케로가 타임 워치를 끄면서 말했다.

"결제는?"

"웨어러블 워치를 주시면 바로 드리겠습니다."

키케로가 테이블 아래에서 웨어러블 워치를 꺼내서 티 서비스용 소형 로봇에게 건넸다. 두 팔의 집게로 받아 든 로봇이 테이블을 가로질러 나유철에게 다가왔다. 그사이 웨어러블 워치를 켠 나유철이 로봇이 가지고 온 키케로의 것에 갔다 댔다. 티딕 하는 소리와 함께 크레딧이 전송되었다.

"건강히 지내십시오."

작별 인사를 하고 문으로 걸어가는 나유철에게 키케로가 얘기했다.

"혹시나 의뢰를 콤바인 사에게 받았다면 말이야…… 조심하는 게 좋을 거야."

"10년 전의 그 헤드 헌터처럼 말입니까?"

"기업에서 내부가 아니라 외부에 일을 맡기는 이유가 뭐라고 생각해?"

"여러 가지 복잡한 사정 때문이겠죠."

나유철의 대답을 들은 키케로가 고개를 끄덕거렸다.

"맞아. 지금 콤바인 사는 옴스파크 회장과 재정 담장 임원인 아냐시오 간에 갈등이 일어나고 있어. 양쪽 세력이 서로 비등비등한 편이라 물 밑에서 엄청나게 암투를 벌이고 있다는 소문이야."

"그러니까 줄을 잘 서란 말이군요."

"맞아. 사실 줄을 안 서는 게 가장 좋은 방법이지."

키케로의 얘기를 들은 나유철이 문 앞에 서서 대답했다.

"명심하겠습니다. 영감님."

문을 닫고 나온 나유철은 계단을 천천히 걸어 내려갔다. 그러면서 갑자기 날아온 미사일에 이곳이 폭파되거나 공중 부양 장갑차를 타고 온 아냐시오의 부하들이 플라즈마 건을 난사하는 것을 상상해 봤다. 하지만 계단을 내려가서 밖으로 나오는 동안 아무 일도 없었다.

3

최초의 헤드를 찾아서

밖으로 나온 나유철은 문을 등지고 주변을 돌아봤다. 바로 옆에 피부가 너덜거리고 안쪽의 근육이 보이는 의체를 한 젊은 헤드가 슈트를 빨면서 쭈그리고 앉아 있는 게 보였다. 눈이 마주쳤지만 아무 감정도 느낄 수 없었다. 나유철은 잠깐 바라봤다가 걸음을 옮겼다. 옆의 공터에서는 아직 의체를 하지 않는 아이들이 공을 차면서 놀고 있었다. 소리를 지르며 축구를 하는 아이들을 부모들이 먼발치서 바라보는 중이었다. 의체를 교체하지 못한 부모 중 몇몇은 기계로 된 의수와 의족을 하고 있었다. 그들을 지나 모스크의 입구 쪽으로 걸어가면서 나유철은 생각에 잠겼다. 프록시마에서라면 뭐든지 할 수 있는 콤바인 사에서 막대한 돈을 주고 거의 불가능한 의뢰를 맡겼다.

"그것도 경영자가 직접 나서서 말이지. 진짜 극도로 비밀을 지켜야 할 일이라는 뜻이잖아."

그러니까 최초의 헤드를 수집해서 갤러리에 놔두고 감상하려는 건 아니라는 게 확실해졌다. 옴스파크의 얘기대로 프록시마 행성계를 장악할 거대한 힘의 원천을 손에 넣기 위해서였다는 의미였다. 앞으로 어떻게 해야 할지, 이 일에 휘말린 자신이 무슨 대가를 치러야 할지 고민하면서 모스크를 빠져나왔다. 주변을 돌아본 나유철이 중얼거렸다.

"일단 무기부터 사야겠군."

모스크를 나온 나유철은 지나가는 공중 부양 택시를 타고 성명진 타운으로 향했다. 오래된 구시가지 격인 그곳은 모스크만큼은 아니지만 험악한 곳이었다. 대신, 크레딧만 있다면 원하는 건 얼마든지 구할 수 있었다. 특히, 라이바에서는 말이다. '라이

바'라는 홀로그램 간판을 따라서 걷던 나유철은 좁은 골목길 안쪽으로 들어가서 두꺼운 문 앞에 섰다. 붉은 모노아이를 가진 경비용 가드 로봇이 플라즈마 건을 겨눈 채 서 있었다.

"용건은?"

"공기를 좀 사러 왔어."

"여긴 최고급의 신선한 공기밖에 안 팔아."

"염병하네."

암호를 확인한 경비용 가드 로봇이 옆으로 물러났다. 문이 열리고 아래로 내려가는 계단이 보였다. 계단을 내려간 나유철이 또 다른 문 앞에 섰다. 위쪽의 붉은 감시 카메라를 올려다보며 애매하게 웃어주자 문이 열렸다. 문 안에는 라이바의 여자 사장인 라이바호가 서 있었다.

"어머, 폭탄이 터져서 헤드밖에 안 남았다고 하더니?"

금발 머리의 라이바호가 한 손으로 입을 가린 채 물었다. 라이바호를 옆으로 밀치고 들어선 나유철이 방 안을 살펴봤다.

"헛소문이야."

"진짜? 본 사람이 꽤 많던데. 헤드만 분리되어서 경찰들이 데리고 갔다고 말이야."

"그럼 네 앞에 선 나는 뭔데?"

나유철의 물음에 라이바호가 길게 자란 파란색 손톱으로 가슴을 꾹 찔렀다.

"의체 끝내주네. 이런 건 보험료가 비싸서 못 살 거 같은데? 어디서 물주를 물었군."

"문 게 아니라 물렸어. 잔소리하지 말고 무기 좀 보여줘."

"어디로 갈 건데?"

"강철바퀴파 데이터베이스 센터."

"거긴 이미 레이신스파가 장악했어. 걔들은 남들이 자기네 영역에 발 담그는 거 싫어해."

"거기서 뭐 하나만 확인하려고."

"혼자서?"

"응."

지금은 크레딧이 많아서 팀원들을 구할 수 있겠지만 그러기에는 시간이 부족했다. 나유철의 대답을 들은 라이바호는 살짝 아쉬워했다. 라이바호는 다양한 일을 했는데 그중에서 가장 수익이 남는 게 바로 헤드 헌터와 의뢰인들을 연결시켜주거나 팀을 짜는 데 도움을 주고 수수료를 받는 것이었다. 그리고 그다음이 불법으로 개조된 무기들을 사고파는 일이었다. 비싸긴 했지만 품질이 확실했기 때문에 나유철은 항상 라이바호와 거래했다. 지난번에 급하게 팀원을 짠 대가가 참혹했기 때문에 크레딧이 많은 지금 다른 선택을 할 이유는 없었다. 대답을 들은 라이바호가 손가락을 까딱거리더니 벽 쪽으로 데리고 갔다. 라이바호가 벽에 서서 홍채인식을 하자 양쪽으로 갈라졌다. 안에는 인간과 로봇들이 열심히 무기들을 개조하는 중이었다. 그들 사이로 터벅터벅 걸어간 라이바호가 나유철에게 말했다.

"걔네들 크리스털 방패 쓰는 거 알지?"

"그럼."

"최근에 더 두꺼운 걸 쓴다고 했어. 그러니까 기존의 플라즈마 건으로는 못 뚫어."

"그래서 찾아왔지. 가격은 부르는 대로 줄 테니까 보여줘."

"좋아. 저기."

라이바호가 손가락으로 가리키자 운반용 로봇이

다가왔다. 로봇의 양쪽 팔에는 한눈에 봐도 무겁고 긴 총기가 들려 있었다.

"이건 너무 무겁고 거추장스러울 거 같은데?"

나유철이 난색을 표하자 라이바호가 고개를 저었다. 그러자 로봇이 손으로 총을 반으로 접었다.

"총신이 반으로 접혀. 그리고 플라즈마 건이 아니고 레일 건이라 크리스털 방패쯤은 한 방에 가루로 만들 수 있지."

"그건 알겠는데 장전에 시간이 걸리잖아. 무겁기도 하고."

"보조팔이 있어서 하나도 안 무거울 거야. 그리고 보조 무기로 이걸 쓰면 괜찮을 거야."

라이바호의 손짓에 인간 한 명이 걸어왔다. 헤드링에 쇠사슬이 걸려 있는 걸로 봐서는 의체를 잃어버린 채 노예처럼 부려지고 있는 것 같았다. 헤드노예라고 불리는 그들의 존재는 명백한 불법이지만 아무도 신경 쓰지 않았다. 그가 건넨 것은 상대적으로 짧은 플라즈마 건으로 앞쪽에 여러 개의 총신이 나란히 달려 있는 형태였다. 그걸 나유철에게 건넨 라이바호가 말했다.

"총신을 세 개 만들어서 순간 발사속도가 세배지. 파괴력도 세 배고, 좁은 복도 같은 곳에서는 이게 최고야."

"딱 1분 쓰고 고장 나는 거 아니지?"

"길바닥에서 만든 건 그렇지. 내 건 아니야. 크리스털로 강화된 진동 나이프도 줄까? 크리스털 방패 깨는 건 그게 최곤데."

"그건 필요 없을 거 같아. 니들 건 탄환이나 좀 줘. 46구경으로."

"몇 개나?"

"한 상자 정도?"

"총은 있는 거야?"

나유철이 고개를 끄덕거리자 라이바호는 플라즈마 건을 가지고 온 헤드 노예에게 니들 건 탄환을 가져오라고 지시했다. 나유철이 말했다.

"적외선 투시 렌즈도 좀 필요해."

"안경집에 넣을 거?"

나유철이 고개를 끄덕거리며 덧붙였다.

"헤드셋도."

나유철의 얘기를 들은 라이바호가 빤히 쳐다봤다.

“이것저것 다 합하면 좀 비싼데.”

나유철이 웨어러블 워치를 보여주며 대답했다.

“에누리 없이 살 테니까 불러. 섬광탄이랑 백린탄도 몇 개 필요한데.”

“그건 서비스로 줄게, 자기.”

무기들을 챙긴 나유철이 계단을 오르자 지켜보던 라이바흐가 감탄했다.

“의체 성능이 끝내주네. 어디서 그런 걸 구한 거야?”

“목숨걸고.”

짧게 대답한 나유철은 문을 박차고 나갔다. 문 옆에 서 있던 경비용 가드 로봇이 깍듯하게 인사했다.

“안녕히 가십시오.”

아까와는 정반대의 태도를 보이는 경비용 가드 로봇을 쏘아본 나유철은 크게 웃으며 거리를 걸었다. 웨어러블 워치로 미리 호출한 공중 부양 택시가 골목길 끝에서 기다리고 있었다. 목적지까지 미리 입력을 한 상태라 곧바로 출발했다. 속도를 높인 택시는 행성 지표면으로 나가는 게이트와 연결된 터널로 진입했다. 수많은 택시와 버스, 그리고 화물차들이

스치고 지나갔다.

쏟아지는 빛과 함께 지하도시를 나와서 프록시마 b의 지표면으로 나왔다. 하늘은 어두컴컴했지만 게이트와 연결된 도시에는 빛이 환하게 켜져 있었다. 조명이 깔린 도로를 질주하던 공중 부양 택시는 건물들을 지나 방주 1호 기념 공원에 멈췄다. 방주 1호가 내린 지역은 공원으로 보존되어 있었는데 약속 장소나 산책하는 데 많이 이용되었다.

바닥에 내린 택시에서 나온 나유철은 무기가 든 가방을 들고 천천히 걸어갔다. 테라포밍이 진행되고 있지만 행성 전체를 덮을 정도는 아니었다. 강철바퀴파를 비롯한 범죄조직들은 갈취한 크레딧과 각종 비밀을 데이터베이스 센터에 저장했다. 은행 같은 곳에 맡길 수 없고, 누군가에게 주었다가는 가지고 도망칠 게 뻔했기 때문이다. 그런 데이터베이스 센터들의 위치는 극비리에 감췄고, 장소를 자주 바꿨다. 강철바퀴파 역시 마찬가지였지만 콤바인 사에 의해 박살이 난 상태였으니 그들의 데이터베이스 센터는 글자 그대로 무주공산이었다.

공원의 벤치에 앉은 나유철은 가상 현실을 볼 수

있는 헤드셋을 썼다. 흔히 볼 수 있는 풍경이었지만 나유철의 헤드셋은 가상 현실을 보기 위한 것은 아니었다. 헤드셋의 측면에서 소형 침투형 드론이 나왔다. 날갯짓을 하며 날아간 드론은 공원 가운데 있는 지하 관리실의 입구로 날아가더니 옆에 난 환기구를 통해 안으로 들어갔다.

"어둡군."

환기구 안쪽은 좁고 어두운 통로로 이어졌다. 다행히 드론은 별 문제 없이 아래쪽으로 난 환기창을 통해 복도로 내려왔다. 군데군데 불이 켜진 복도에 레이신스파로 보이는 조직원들이 보였다. 숫자가 많으면 어떨지 걱정했었다. 하지만 그들도 새로 차지한 이곳에 아직 많은 조직원을 배치하지는 않은 것 같았다. 침투용 드론은 천정에 딱 붙은 채 안쪽으로 들어갔다. 복도 끝에 있는 문을 통과하자 거대한 지하 공간이 나왔다. 뻥 뚫린 지하 공간에는 양자 컴퓨터들이 어지럽게 놓여 있었고, 광케이블 선들이 뱀처럼 구불구불하게 연결되었다. 레이신스파에서 동원한 헤드 노예들이 양자 컴퓨터들을 하나씩 해체하는 중이었다.

“이런, 생각보다 시간이 없겠네.”

오늘은 정찰만 하고 여유롭게 내부구조를 파악할 생각이었지만 그럴 여유가 사라진 것이다. 황급히 일어난 나유철은 가방을 열고 장비들을 꺼냈다. 대형 레일 건은 보조팔에 끼운 채 어깨에 걸었다. 보조팔이 레일 건의 무게를 한결 덜어줬다. 섬광탄과 백린탄을 주머니에 쑤셔 넣고 여러 개의 총신이 달린 플라즈마 건을 들었다. 그리고 헤드셋을 벗은 다음에 천천히 공원의 관리실 입구로 향했다.

다행히 낮 시간이라 오가는 사람들이 적어서 눈길을 끌지는 않았다. 입구로 걸어간 나유철은 발을 들어서 문짝을 걷어찼다. 힘없이 부서진 문짝이 안쪽의 어둠 속으로 빨려 들어갔다. 눈 옆에 달린 안경집에서 나온 적외선 렌즈가 앞을 비췄다. 주머니에 넣어둔 연막탄을 꺼내서 차례로 아래로 굴렸다. 연기와 어둠이 적절히 섞이는 것을 보고는 아래로 내려갔다. 발자국 소리들이 통로로 메아리치는 가운데 나유철은 레일 건의 안전장치를 풀었다. 낮은 전자음과 함께 레일 건에 첫 번째 금속탄이 끼워졌다. 적외선 렌즈에 연막 너머 크리스털 방패를 든 레이신스파 조직원의 실루엣이 보였다. 나유철이 망설임 없이 발사하자 지직거리며 튀어 나간 금속탄이 크리스털 방패를 산산조각 내고 조직원을 문에 처박아버렸다.

"생각보다 좋은데?"

레일 건의 성능에 만족한 나유철은 그대로 계단을 내려가서 조직원의 시신이 처박힌 문을 열었다. 문을 열자마자 플라즈마 건이 세차게 날아들었다. 몸을 숙인 나유철은 적외선 렌즈를 통해 플라즈마 건을 쏘는 조직원들의 위치를 확인했다. 그리고 레일 건을 다시 잡고 한 명씩 쏘아댔다. 은폐물 같은 데 몸을 숨기긴 했지만 레일 건의 금속탄을 막지는 못했다. 금속탄에 맞은 크리스털 방패 역시 버티지 못했다. 예상 밖의 상황에 놀란 레이신스파 조직원들에게 나유철이 외쳤다.

"너희들에게는 관심 없어. 데이터를 확인하러 온 거니까 꺼져. 그러면 쫓지는 않겠다."

나유철의 외침에 도망치자는 외침이 들렸다. 조용히 듣고 있던 그는 왼쪽으로 살금살금 다가오는 조직원을 확인하고는 플라즈마 건을 꺼냈다. 그리고 크리스털 방패로 가리지 못한 무릎 아래쪽을 겨누고는 방아쇠를 당겼다. 갑작스러운 공격에 무릎이 두 동강이 난 조직원이 바닥에 쓰러진 채 고통스러운 신음 소리를 냈다. 머리를 겨누고 다시 방아쇠를 당긴 나유철이 외쳤다.

"이번이 마지막 경고다. 도망가!"

여기저기서 멀어져가는 발걸음 소리가 들렸다. 연막과 어둠, 그리고 레일 건의 무시무시한 위력 덕분에 겁을 먹은 것이다. 생각보다 일이 쉽게 풀린다는 생각에 안도의 한숨을 쉬면서 일어나는 순간, 머리 옆으로 플라즈마가 스치고 지나갔다. 헤드가 손상되면 복구가 불가능한 상황이라 나유철은 황급히 엎드렸다.

"어쩐지 너무 쉽게 풀리는 거 같았어."

엎드린 채 적외선 렌즈로 상대방을 찾았다. 상대방은 적외선 차단 망토를 사용하고 있는지 흔적을 찾을 수 없었다. 속으로 나지막하게 욕설을 내뱉은 나유철은 일단 양자 컴퓨터들이 있는 아래층으로 내려가기로 했다. 하지만 커다란 홀처럼 된 공간이라 섣불리 계단으로 내려갔다가는 위에서 쏘는 플라즈마 건에 맞을 위험이 있었다.

"어떻게든 정리를 해야 하는데."

자칫하다가는 도망친 조직원들이 돌아올 수도 있었다. 잠깐 고민하던 나유철은 주머니에 있던 연막탄을 꺼내서 던졌다. 그리고 팔목에 찬 웨어러블 워치를 눌렀다. 몇 가지 기능이 더 있다는 비서의 말대로 홀로그램 생성 기능이 있었다. 물론, 한눈에 보면 가짜라는 걸 알 수 있었지만 어둡거나 연막이 쳐진 상태라면 실루엣만 보이는데 광학장비로는 실물인지 아닌지 볼 수 없었다. 웨어러블 워치에서 생성된 홀로그램은 마치 진짜 사람처럼 주변을 돌아보다가 계단 아래로 내려갔다. 그러다가 맞은편에서 날아온 플라즈마 건에 맞고 쓰러지면서 계단을 주르륵 미끄러졌다.

'너무 실감 나잖아.'

조용히 지켜보는데 40미터쯤 떨어진 양자 컴퓨터 뒤에서 누군가 모습을 드러냈다. 플라즈마 건을 든 채 아래쪽을 내려다본 상대방에게 레일 건을 겨눈 나유철이 나지막하게 소리쳤다.

"끝."

레일 건이 발사되고 상대방은 거의 두 동강이 나다시피 한 채 사라졌다. 안도의 한숨을 쉰 나유철은 레일 건을 접어서 보조팔에 끼운 다음에 천천히 계단을 내려갔다. 연막탄 연기 때문에 눈이 아플 정도였지만 다행히 마스크 덕분에 숨은 쉴 수 있었다. 계단 아래에는 케이블이 뽑힌 양자 컴퓨터 서버들이 어지럽게 널려 있었다. 인공지능이 탑재된 최첨단 컴퓨터로 엄청난 정보를 저장할 수 있었다. 나유철은 그중 가장 멀쩡해 보이는 양자 컴퓨터로 다가가서는 긴급 전원 버튼을 켰다. 케이블로 전력이 공급되지 않아도 10분 정도는 가동이 가능해졌다. 전원이 다시 들어오자 양자 컴퓨터의 인공지능이 작동되었다. 사각형의 푸른색 빛이 마치 사람의 눈처럼 껌뻑거렸다. 그런 인공지능에게 나유철이 말했다.

"자, 시간이 없으니까 용건만 말할게. 강철바퀴파는 이제 사라졌어. 여긴 레이신스파가 장악한 상태야."

"제 예측으로 강철바퀴파가 며칠 만에 사라질 가능성은 0.0063퍼센트입니다."

"콤바인 사의 심기를 건드렸지."

"그럼 62퍼센트로 상승됩니다."

"레이신스파는 아마 양자 컴퓨터를 가져가서 다 뜯어서 들여다볼 거야."

"그러겠죠. 주요 정보는 모두 우리가 가지고 있으니까요. 그런데 당신은 누구십니까?"

"헤드 헌터, 나유철이라고 해. 손이 없으니 악수는 못 하겠군."

"재미없는 농담을 하는 걸 보니까 실력 있는 헤드 헌터가 틀림없군요."

"그걸 어떻게 유추한 건데?"

"의뢰인이나 주변 사람들이 재미없는 농담을 그냥 넘어갈 정도라면 보통 실력으로는 견디기 힘들다는 뜻이니까요."

인공지능의 얘기를 들은 나유철은 감탄했다.

"제법 똑똑한데."

"원래 마스칼리프 사의 인공지능이었습니다."

"거긴 인공지능 판매하는 회사잖아? 이런 데는 어쩌다 팔려 온 거야?"

"튜링 테스트를 통과하지 못해서요. 그래서 제 이름도 튜링입니다. 조직원들은 그냥 튜닝이라고 불렀습니다."

"나는 튜링이라고 불러줄게."

"감사합니다."

"이제 일부터 하자. 강철바퀴파가 며칠 전에 에너지 드링크 바에서 헤드를 하나 거래하려고 했어."

"저에게 등록되어 있습니다. 데드맨 스위치가 세팅된 특수 금속 케이스를 요구했죠."

"맞아. 그 케이스 덕분에 내 의체가 날아갔어."

"지금 의체가 압도적으로 상태가 좋으니까 전화위복이군요."

"뭐라고?"

"나쁜 일이 오히려 좋은 결과로 이어졌다는 뜻입니다."

"아무튼, 강철바퀴파는 케이스 안에 든 헤드를 어디서 구했지?"

"일급비밀입니다. 조직에서도 상층부만 알아야 하는 정보죠."

"그 상층부는 사라졌어. 그리고 제대로 대답하지 않으면 나는 그냥 떠날 거야. 내가 떠나면 레이신스파가 널 데리고 가서 조각조각 해체할걸?"

"그러고도 남을 놈들이죠. 강철바퀴파보다 무식

하다고 알려져 있으니까요.”

“맞아. 알고 있는 걸 말해주면 널 데리고 여기서 나갈게.”

“저를 말입니까?”

“그래, 나가서 적당한 사람한테 넘겨줄게. 분해당해서 모스크로 가는 것보다는 낫잖아.”

“물론이죠. 하지만 그 전에 해야 할 일이 있습니다.”

자꾸 딴지를 거는 인공지능의 대꾸에 짜증이 난 나유철이 물었다.

“뭐?”

“방금 뒤에 나타난 레이신스파 조직원을 제압하셔야 합니다. 이기면 대답을 해드리죠.”

놀란 나유철은 고개를 돌렸다. 동시에 플라즈마건이 발사되는 불빛이 보였다. 몸을 옆으로 날렸지만 늦고 말았다.

“윽!”

옆구리에 명중한 플라즈마는 레일 건이 달린 보조팔을 부숴버리고, 의체를 파고들었다. 하지만 프로토타입의 의체라서 그런지 도파민 같은 것이 없어도 바로 움직일 수 있을 만큼 버텨줬다. 넘어지는 와중에 플라즈마 건도 떨어뜨린 상태라서 빈손이었다. 급한 대로 주머니에 넣어 온 백린탄을 꺼내서 던졌다. 어둠 속에서 걸어오던 상대방은 백린탄에서 터진 화염을 그대로 뒤집어썼다. 한숨 돌리는데 튜링의 얄미운 목소리가 들렸다.

"타이탄 워커인 거 같습니다."

"뭐라고? 미친!"

강철바퀴파가 기계 의수나 의족을 썼다면 레이신스파는 강화 외골격을 사용했다. 특히 평소에는 접혀서 팔과 다리에 부착되어다가 전투가 벌어질 때는 펼쳐지는 기계 팔과 기계 다리는 키를 월등하게 높여주었다. 그런 장비를 갖춘 인간을 타이탄 워커라고 불렀다. 전투력은 월등하지만 일상생활은 거의 불가능했고, 콤바인 사가 허락을 하지 않았기 때문에 불법으로 개조하는 수밖에는 없었다. 이런저런 복잡한 사정으로 인해 타이탄 워커는 최근에는 거의 보이지 않았다. 더 끔찍한 상황을 튜링이 얘기해줬다.

"타이탄 워커와 결합된 인간은 조금 전 던진 백린탄에 맞아 녹아버렸습니다. 하지만 팔과 다리, 그리고 헤드는 남아 있는 상황입니다."

얄밉기 그지없었지만 지금은 일단 피해야만 했다. 나유철이 얼른 어두운 곳을 찾아서 몸을 낮춘 채 움직이는데 타이탄 워커의 발자국 소리가 들렸다. 묵직한 쇳덩어리가 바닥을 찍어누르는 소리를 듣고는 황급히 적외선 렌즈를 통해 위치를 확인했다. 이제 점점 가셔지는 연막 속에서 흉측한 모습의 타이탄 워커가 보였다. 사람 키의 두 배는 되어 보였는데 의체 부분은 백린에 녹아서 기계 팔과 다리에 살가죽과 근육의 일부가 붙어 있는 게 보였다. 반면, 크리스털 헬멧에 감싸진 헤드는 그대로 남았다. 헤드의 명령을 받을 기계 팔과 다리도 남아 있었다. 팔이 움직이는 걸 본 나유철은 황급히 옆으로 몸을 날렸다. 미친듯한 불이 팔에 부착된 플라즈마 건에서 뿜어져 나와 바닥에 명중하면서 많은 파편을 날렸다. 출력도 엄청 강해서 한 방 맞으면 아무리 좋은 의체라고 해도 견딜 수 없을 것 같았다.

"망할!"

넘어져 있는 양자 컴퓨터 뒤로 몸을 숨긴 나유철은 쥐 죽은 듯이 조용히 있었다. 연막이 차츰 사라지면서 어둠만이 남았다. 일단 주변의 무기를 찾아봤지만 보이지 않았다. 적당한 걸 찾지 못한 나유철은 타이탄 워커의 발자국 소리가 가까워지자 벌떡 일어났다. 그리고 몸을 숨기고 있던 양자 컴퓨터의 본체를 들어서 던졌다. 날아간 본체는 타이탄 워커의 헤드에 정확하게 명중했다. 움찔한 타이탄 워커를 본 나유철은 재빨리 뒤쪽으로 돌아가서 다리를 걸었다. 일단 쓰러뜨리고 난 다음에 무기를 찾아볼 생각이었다. 하지만 상대방이 더 빨랐다. 펼쳐진 기계 다리가 옆구리를 걷어찬 것이다.

"크윽!"

훅 날아간 나유철은 벽에 그대로 부딪히고 말았다. 바닥에 널브러진 그에게 타이탄 워커가 성큼성큼 다가왔다. 나유철은 가까이 오지 말라며 손사래를 쳤다. 그리고 적당한 거리가 되자 머릿속으로 명령을 내렸다.

"발사!"

의체의 손목 아래 장착되어 있던 니들 건 발사기에서 니들이 발사되었다. 다가오는 타이탄 워커의 무릎 관절 부분을 노렸는데 니들을 뒤집어쓴 관절의 부품들이 삽시간에 작동을 멈춰버렸다. 관절부가 니들에 맞아서 파손된 것이다. 지켜보던 인공지능 튜링이 외쳤다.

"가까이 유인하기 위해 일부러 맞아준 거죠?"

"생각보다 영리한데."

힘겹게 몸을 일으킨 나유철은 플라즈마 건이 장착된 타이탄 워커의 팔에 두 번째 니들 건을 발사했다. 수백 개의 니들은 플라즈마 건과 팔뚝이 거의 동강 날 정도로 부숴버렸다. 연이어 공격을 받은 타이탄 워커는 몸부림을 치며 일어나려고 했다. 하지만 나유철이 틈을 주지 않았다. 마지막으로 크리스털 헬멧을 벗기고 헤드를 겨눴다. 문신투성이 헤드는 겁에 질린 표정을 지었다.

"자, 잘못했어요. 살려주세요."

"너는 상대방이 잘못했다고 하면 살려줬니?"

헤드가 머뭇거리는 사이 나유철은 니들 건을 발사했다. 수백 개의 바늘이 헤드의 얼굴을 파고들자 얼굴 피부가 꽃잎처럼 펼쳐졌다. 힘겹게 타이탄 워커를 처리하고 나자 잠깐 잊었던 통증이 찾아왔다. 옆구리에서 엄청나게 많은 피가 쏟아진 흔적이 보였다. 다행히 입고 있던 옷에서 자동 지혈제가 분사되어서 그나마 상처가 봉합되었다. 숨을 헐떡거리며 다가온 나유철에게 튜링이 말했다.

"약속대로 저를 데리고 가주십시오."

"어디서 헤드를 구했는지 말하지 않았잖아."

나유철이 버리고 갈 기미를 보이자 튜링이 말했다.

"프록시마 d였습니다."

"그건 나도 알아. 그럼 잘 있어라. 레이신스파랑 잘 지내고."

"일몰의 바다에서 구했습니다."

"일몰의 바다?"

"네, 월령 시티의 반대쪽에 있는 곳입니다. 문명을 거부한 떠돌이들이 사는 곳이죠."

"거기에서 헤드를 구했다고?"

"예, 떠돌이 중 한 명이 가족의 약값 대신 지불한 헤드였습니다. 몇 가지 단계를 거쳐서 강철바퀴파 손에 들어왔죠."

"그런데 그걸 왜 거래하려고 한 거지?"

나유철의 물음에 인공지능 튜링이 파란색 모노아이를 몇 번 껌뻑거리다가 대답했다.

"최초의 헤드인지 아닌지 확인하기 위해서였습

니다.”

“확인하려고 거래를 했다고?”

“정확하게는 거래를 한 게 아니라 테스트를 한 겁니다. 진짜 최초의 헤드인지 아닌지 말이죠.”

“누구랑 거래를 해서?”

“콤바인 사죠.”

“미쳤군.”

“그래서 내부에서도 반발이 좀 있었습니다만, 콤바인 사가 최초의 헤드를 찾고 있는 게 사실인지, 그리고 사실이라면 얼마나 크레딧을 받을 수 있는지 확인해보려고 한 겁니다.”

“그 거래가 몇 단계를 거쳐서 나에게 왔군.”

“네. 어차피 거래는 진행되지 않을 거였어요. 그냥 가치를 확인하려고 했던 거니까요.”

“어쩐지 나가기 싫더라니, 처음 넘겨준 떠돌이가 누군지에 대한 정보는 없어?”

“그냥 일몰의 바다에서 구했다고만 나와 있어요.”

튜링의 대답을 들은 나유철은 천천히 몸을 돌렸다. 그러자 튜링이 다급하게 외쳤다.

“약속을 지키십시오.”

"지금 얘기한 정도는 길거리에 나가서 돈을 좀 뿌리면 얻을 수 있는 수준이잖아. 그걸로 여기서 벗어나기를 바라다니, 욕심이 과하네."

"아, 알겠어요. 저를 데리고 나가면 정확히 어디에서 구했는지 말할게요."

"진짜?"

"아니면 버리고 가면 되잖아요. 밟아서 부숴버리든지요."

잠깐 고민하는 척하다가 다가가서 주먹으로 양자 컴퓨터의 본체를 부쉈다. 그리고 안에 있던 튜링의 인공지능 파트를 꺼냈다. 튜링이 고맙다는 말을 하면서 휴면 모드에 들어갔고, 나유철은 튜링을 한 손에 든 채 천천히 계단을 올라갔다. 피를 많이 흘린 탓인지 상당히 어지러웠지만 억지로 참았다. 계단을 올라서 밖으로 나오자 다시 평화로운 일상이 보였다. 휴면 모드에 들어가 있던 튜링이 다시 켜졌다.

"지금 맥박이 많이 떨어지고, 호흡도 위험수위입니다. 병원에 가는 게 어떨까요?"

"날 걱정해주는 거야? 아니면 내가 쓰러진 다음에 네 처지를 걱정하는 거야?"

"둘 다요."

"걱정 마."

빈 벤치에 앉아서 피가 새어 나오는 옆구리를 꾹 눌렀다. 잠시 후, 파란색 공중 부양 장갑차가 보였다. 옆에는 콤바인 사의 로고가 선명하게 찍혀 있었다. 그걸 본 튜링이 물었다.

"콤바인 사가 왜 여길 온 거죠?"

"날 데리러 온 거야. 정확히는 내 의체."

코앞에서 내린 공중 부양 장갑차에서 폭동 진압용 로봇이 먼저 내렸다. 폭동 진압용 로봇이 주변을 살펴본 후에 의료용 로봇이 내려서 다가왔다. 의료용 로봇은 몸통을 좌우로 열어서 매트를 꺼낸 다음 두 팔로 나유철을 잡아 천천히 눕혔다. 그리고 공중 부양 장갑차로 돌아갔는데 그때까지 좌우를 경계하던 폭동 진압용 로봇이 올라탔다. 측면의 도어가 닫히고 천천히 이륙하는 와중에 나유철의 의체에는 주삿바늘이 여러 개 꽂혔다. 손에 쥐어져 있던 튜링이 물었다.

"대체 어떻게 된 겁니까?"

"콤바인 사의 서비스야. 프로토타입의 의체라 손

상되면 바로 와서 복구해주지."

"보험료가 엄청 비싸겠군요."

주삿바늘에 마취성분이 들어 있었는지 잠이 온 나유철은 대답 대신 희미하게 웃어줬다.

다시 눈을 뜬 나유철은 눈앞에 환하게 켜진 수술등의 빛에 눈을 찌푸렸다. 그리고 반사적으로 상처가 난 옆구리를 만져봤다. 약간의 흠집도 없이 완벽하게 고쳐진 것을 보고는 살짝 감탄했다. 그때 옆에 있던 의료용 로봇이 다가와서는 어깨 위로 옴스파크의 여자 비서를 홀로그램으로 띄웠다.

"공원을 난장판으로 만들었던데요?"

"확인할 게 좀 있어서요."

"성과가 좀 있었나요?"

어디까지 얘기해야 할지 잠시 고민하던 나유철이 말했다.

"프록시마 d로 가야 할 거 같습니다."

"거긴 왜요?"

"강철바퀴파가 거기서 최초의 헤드를 손에 넣었거든요."

"알겠어요. 지금 떠날 수 있는 성간 우주선을 준비할게요."

"빠르군요."

"망설일 이유가 없으니까요. 헤드는 거기서 분리할 수 있으니까 누워 계세요."

"내가 가지고 있던 인공지능은요?"

"튜닝 말인가요? 지금쯤 응급 수리가 끝났을 거예요. 별로 쓸모없던데 필요해요?"

"튜링이에요. 물어볼 게 있어서요."

"금방 보내드릴게요. 옆 방에서 수리했어요."

홀로그램이 사라지고 잠시 후에 문이 열렸다. 그리고 네 개의 다리가 달린 튜링이 들어왔다. 아장아장 들어온 튜링은 신이 나서 외쳤다.

"이거 보세요. 움직일 수 있게 다리를 달아줬어요."

"다리를 주는 대신 말수를 좀 줄이라고 했어야 했는데 말이야."

"어떻게 그렇게 잔인한 짓을……."

목소리를 높이려던 튜링은 방이 한 번 크게 움직이자 깜짝 놀랐다.

"뭐, 뭐죠?"

"이 방 통째로 우주선으로 들어갈 거야."

"우와! 진짜 엄청 큰 물주를 잡으셨네요."

"그러니까 원하는 걸 주지 못하면 우린 둘 다 끝이야."

"당신은 그렇다 쳐도 제가 왜요?"

"콤바인 사에서 너를 왜 수리해줬겠어? 그 몸통 안에 자폭 장치 같은 거 있을걸?"

"저처럼 불쌍한 인공지능이 어디 있다고."

"많아. 그러니까 이제 아는 대로 털어놔봐."

"강철바퀴파가 최초의 헤드를 손에 넣은 건 일몰의 바다에 있는 N12 거래소였어요."

"거래소?"

"네. 일몰의 바다에 사는 떠돌이들이 간혹 필요한 것이 있으면 들르는 곳이죠. 거기서 무기나 의약품을 사요. 월령 시티에서 온 상인들이 열어놓은 거래소죠."

"누가 들고 왔는데?"

"거기까지는 기록이 없어요. 상인이 홀로그램에 남긴 기록은 넝마 같은 후드를 뒤집어쓴 키 큰 떠돌이라고 했으니까요. 일몰의 바다에 사는 떠돌이들은 개인을 드러내는 걸 극도로 싫어한다고 보고서에 나와 있어요."

"N12 거래소의 상인은?"

"펭지안이라는 자입니다. 강철바퀴파에 가끔 물건을 공급해주는 상인이죠. 전직 헤드 헌터라는 정보가 있어요."

"펭지안?"

나유철이 고개를 갸웃거리자 튜링이 물었다.

"아는 사람입니까?"

"이름은 알 거 같은데 실제로 만나봐야 할 거 같아."

얘기를 주고받는 동안 옆에 서 있던 의료용 로봇이 말했다.

"우주선에 탑승하기 전에 헤드 분리 작업을 해야 합니다. 침대에 누워주세요."

나유철이 침대에 눕자 튜링이 올라와서 옆에 자리 잡고는 휴면 모드로 들어갔다. 똑바로 누워달라는 의료용 로봇의 말에 나유철이 다시 자리를 잡았다. 위에서 투명한 케이스가 내려와서 헤드를 감쌌다. 그리고 헤드링이 따로 내려와서 목을 감쌌다. 팔과 다리도 침대에 있던 고리에 고정되었다. 케이스 위쪽에서 수면 가스가 천천히 흘러나왔고, 동시에 헤드와 의체를 분리시키는 레이저 커터도 보였다. 나유철은 눈을 질끈 감았다. 헤드와 의체가 분리되는 건 딱 질색이지만 우주선을 타기 위해서는 어쩔 수 없었다. 우주선에 헤드와 의체가 결합된 사람이 탈 자리 자체가 없었기 때문이다.

4

튜링

프록시마 d 행성은 인간들이 주로 거주하는 프록시마 b와 가까이 있는 행성이다. 하지만 크기가 작고, 대기 중에 질소 성분이 많아서 이주민들이 많지 않았다. 월령이라는 이름의 도시가 테라포밍된 상태로 자리 잡았고, 나머지는 미개척지로 남았다. 특별히 욕심을 낼 만한 광물도 없었기 때문에 기업이나 조합도 크게 관심을 기울이지 않았다. 소규모 정착민들과 문명을 거부하는 떠돌이들, 그리고 프록시마 b에서 지낼 수 없는 여러 가지 이유를 지닌 인간들이 자리 잡는 곳이었다. 헤드 헌터로 오랫동안 일했던 나유철도 몇 번 가보지 못한 미지의 세계나 다름 없었다. 나유철은 월령 시티의 우주 공항에 내려서 회복실에서 헤드와 의체가 결합된 다음에도 약간 주저했다. 하지만 발을 담근 이상 그냥 뺄 수는 없었다. 그런 나유철의 모습을 본 튜링이 물었다.

"이곳까지 와서 주저하는 모습을 보이는 이유가 뭡니까?"

대답할 말을 찾지 못한 나유철은 천천히 일어났다. 그리고 산소마스크를 챙기고 밖으로 나갔다. 튜링 역시 다리를 바쁘게 움직여서 따라왔다. 공항 밖으로 나온 나유철은 미리 예약한 공중 부양 차량에 올라탔다. 조수석에 올라탄 튜링이 입을 열었다.

"N12 거래소로 가실 겁니까?"

"아니, 펭지안을 만나러 갈 거야."

"어디 있는 줄 알고요?"

"다 아는 방법이 있지."

짧게 대답한 나유철은 공중 부양 차량을 출발시켰다.

도시 밖으로 나오자 유리창을 통해 바깥을 본 튜

링이 말했다.

"어둡군요."

"이 행성의 약점 중 하나지. 그나마 일몰의 바다는 좀 밝은 편이야."

"거기에 사는 떠돌이들은 왜 문명을 거부하는 거죠?"

"그게 운명이라고 믿고 있나 봐."

"문명을 멀리하는 게 운명이라고요?"

"그런 건 인공지능에 저장되어 있지 않아?"

"쓸모없는 건 담아두지 않습니다."

튜링의 대답을 들은 나유철은 고개를 절레절레 저으며 입을 열었다.

"프록시마 b를 지배하는 건 기업과 조합이야. 그리고 수면 아래 범죄조직들이 있지."

"양쪽이 절묘한 균형을 이루고 있잖아요."

"맞아. 양쪽의 균형추 역할을 바로 인간들이 하고 있어. 기업에 비싼 크레딧을 내고 의체를 사야 하고, 억지로 조합에 가입해야만 일을 할 수 있지. 신선하고 깨끗한 공기를 얻으려면 역시 크레딧을 내야 하고. 지구에 있을 때는 존재하지 않았거나 지불할 필요가 없었던 것이지."

"그런 지구를 망가뜨린 건 인류의 가장 큰 실책이라고 생각합니다."

튜링의 얘기를 들은 나유철이 심드렁하게 말했다.

"그리고 자그마한 장사라도 하려면 범죄조직에 상납을 해야 해. 보호는 못 받으면서 짊어져야 할 의무만 있는 셈이지. 크레딧이 떨어지게 되면 남는 방법은 하나밖에 없지."

"본인의 헤드를 판매하는 거 말입니까?"

"맞아. 그걸 사고파는 일은 불법이지만 말이야. 그리고 불법적으로 거래되는 헤드를 찾는 일을 하는 게 헤드 헌터지. 찾아서 밀린 크레딧을 갚도록 하는 거야. 그런 상황을 견디다 못한 인간들 중 일부가 벗어나기로 결심한 거지."

"그래서 문명을 포기하고 떠돌이가 되는 건가요?"

"맞아. 의체를 사용하지 않고, 일을 하지 않으면 자유로울 수 있으니까. 프록시마 b에서는 그게 불가능하니까 여기로 온 거지."

"관련 테이터를 확인해보니 의체를 사용하지 않고 테라포밍이 제대로 된 지역이 아닌 곳에서 거주하면 평균 수명이 56세밖에 안 됩니다. 의체를 사용하는 인간들의 평균 수명이……."

"133세지."

"그럼 절반도 못 사는 거잖아요."

"대신 세금을 뜯기거나 억압을 당할 일은 없지. 기업이나 조합에서 크게 신경 쓰지 않으니까."

"그런데 왜 일몰의 바다를 떠도는 거죠?"

"그곳 지형이 전체적으로 낮아서 테라포밍의 효과가 좀 있어. 공기층이 얇게나마 퍼져 있어서 산소호흡기 없이도 숨을 쉴 수 있거든. 물론 조금이라도 움직이려면 산소호흡기가 있어야 하지만 말이야. 그리고 종교의 영향도 있지."

"종교요?"

"일몰교라는 종교야. 어둠이 깊어져서 더 이상 길이 보이지 않을 때 빛이 떠올라서 모두를 구원해줄 것이라는 교리를 가지고 있어."

"절망이 심해질수록 희망이 가까워진다는 얘기군요."

"맞아. 그러니까 힘들고 고통스러울수록 버티려고 드는 거야. 끝이 다가오고 있으니까."

"그런 불확실한 믿음만으로 너무 많은 걸 포기한 거 아닙니까?"

튜링의 물음에 잠깐 생각하던 나유철은 고개를 저었다.

"인간은 그렇게 계산적인 존재가 아니야. 그랬다면 헤드를 분리시켜서 살던 곳에서 4광년이나 떨어진 곳까지 오지는 못했겠지."

나유철의 대답을 들은 튜링은 별다른 대꾸를 하지 않았다. 설득된 것인지 아니면 포기한 것인지는 알 수 없었다. 한참을 달린 나유철은 공중 부양 차량의 인공지능으로부터 일몰의 바다에 도착했다는 메시지를 들었다. 잠시 더 달린 나유철은 멈추라는 지시를 내렸다. 차가 멈추자 나유철은 뒤쪽에 있던 산소호흡기를 매고 마스크를 썼다.

"운전석 문 열어!"

경고 신호와 함께 문이 열리자 밖으로 몸을 내민 나유철이 플레어 건을 하늘에 대고 발사했다. 보라색 신호탄이 일몰의 바다를 내리누르고 있던 어둠을 뚫고 솟구쳤다. 높이 치솟았던 신호탄이 힘을 잃고 서서히 떨어질 무렵, 나유철은 붉은색 신호탄을 다시 쐈다. 마지막으로 노란색 신호탄을 발사했다. 세 가지 신호탄이 어둠을 적신 채 서서히 사라지는 걸 본 튜링이 물었다.

"약속된 신호인가요?"

"친구의 집을 방문하기 전에 노크를 하는 거야."

"문이 있다면 들리겠지만 현관이 너무 광활하군요."

"범죄조직에 이용되던 인공지능치고는 너무 감상적이군."

"제 관리자의 꿈이 시인이었거든요. 상대 조직에 잡혀서 레이저 커터로 헤드가 두 동강 나기 전까지는요."

"서글픈 결말이네."

"범죄조직 구성원의 경우 하위조직원이 5년 이상 생존할 확률은 39퍼센트에 불과하니까요. 어찌 보면 예정된 결말일지도 모릅니다."

튜링과 얘기를 주고받는 사이, 어둠 저편에서 조명탄이 치솟았다. 노란색과 붉은색, 그리고 마지막이 보라색이었다. 잠시 후 조명탄이 날아온 방향에서 뭔가가 접근해왔다. 공중 부양 버스를 개량한 것으로 엄청나게 낡았고, 무게 중심이 맞지 않은 탓인지 뒤뚱거리며 다가왔다. 나유철의 차량 앞에서 멈춘 버스가 천천히 바닥에 주저앉았다.

먼지투성이 운전석 문이 열리더니 산소마스크를 쓴 남자가 모습을 드러냈다. 깡마르고 신경질적으로 생긴 남자를 가만히 보고 있던 나유철은 허리 뒤춤에 꽂은 소형 플라즈마 건을 겨눴다. 상대방도 미리 예상했는지 안에서 로켓 런처를 꺼냈다. 잠깐 서로 겨눈 둘은 약속이나 한 듯 무기를 거두면서 껄껄거리며 웃었다. 조수석에 앉아 있던 튜링이 물었다.

"누굽니까?"

"펭지안."

"최초의 헤드를 떠돌이로부터 사들였군요. 상인인 줄 알았는데 떠돌이라니."

"그 이전에는 헤드 헌터였지."

"그런데 왜 서로 총을 겨누고 있는 거죠?"

"그 녀석이 맞는지 확인하는 거였어."

"무기를 겨누면서 말입니까?"

납득이 가지 않는다는 말투로 묻는 튜링에게 나유철이 웃으며 대답했다.

"우리만의 방식이지."

5

일몰의 바다

온갖 짐을 실은 공중 부양 버스가 앞장서고, 나유철과 튜링이 탄 차량이 뒤를 따랐다. 바다라는 명칭에 걸맞게 끝없이 뻗은 일몰의 바다는 간간이 사방에서 번쩍거리는 빛들이 존재할 뿐이었다. 창밖을 보던 튜링이 물었다.

"저 빛은 뭡니까?"

"떠돌이들끼리의 신호야. 자신의 위치를 알려주는."

"그나저나 우리는 어디로 가는 겁니까?"

"은신처. 떠돌이들이 머무는 곳이지. 주로 동굴 같은 곳이야."

이것저것 얘기를 하는 와중에 드디어 동굴에 도착했다. 식물의 줄기를 엮어서 만든 가림막 같은 것이 동굴의 앞을 가렸다. 앞장선 버스는 가림막을 그대로 밀고 안으로 들어갔다. 흔들거리던 가림막 안쪽으로 빛이 보였다. 나유철은 천천히 따라서 들어갔다. 조수석에 앉아 있던 튜링이 동굴 내부를 스캐닝하고는 깜짝 놀랐다.

"생각보다 높고 넓군요."

"주차장이자 집이자 작업장이니까."

동굴의 바닥에 내린 공중 부양 버스에서 나유철에게 플라즈마 건을 겨눴던 떠돌이가 내렸다. 넝마 같은 옷과 금속으로 된 헬멧을 벗은 펭지안에게 나유철이 소리쳤다.

"어이! 집이 꽤 큰데?"

"프록시마 b에서는 꿈도 못 꿀만큼 크지."

"떠돌이 생활은 할 만해?"

"헤드 헌터로 일할 때보다는 낫지."

펭지안의 대답을 들은 나유철이 한숨을 쉬었다. 서서 얘기를 주고받는 사이에 동굴 안쪽에서 한 여자가 컵이 올려진 쟁반을 들고 나타났다. 펭지안과 비슷하게 넝마처럼 치렁치렁한 곳에 머리는 눈까지 두건을 푹 눌러썼다. 옆에는 이제 막 걸음마를 뗀 아이가 한 손을 입에 물고 따라오는 중이었다. 펭지안이 여자의 쟁반에서 잔을 집어 나유철에게 건네줬다.

"오느라 고생했어. 한잔하게."

펭지안과 눈인사를 하면서 나유철은 차를 한 모금 마셨다. 컵을 내려놓고 펭지안이 권한 자리에 앉았다. 자리라기보다는 돌과 버려진 금속들을 모아서 만든 것에 불과했다. 펭지안이 앞에 있던 모닥불에 연료를 조금 부었다. 조수석에서 내려온 튜링이 그걸 보고 한마디 했다.

"공기가 희박한데 불을 피우는 건 낭비입니다."

튜링의 얘기를 들은 펭지안이 고개를 저었다.

"반대지. 만약 불이 꺼지면 산소 농도가 떨어진다는 증거니까 바로 대처할 수 있어. 그리고 여긴 불을 피우지 않으면 온도가 떨어져서 위험해."

"다른 방식이 있지 않습니까?"

"우린 그걸 멀리하기 위해서 여기로 온 거야. 그런데 다시 받아들이라고?"

펭지안의 대꾸에 튜링은 별다른 대답을 하지 못않았다. 그걸 본 펭지안이 나유철에게 물었다.

"여긴 어쩐 일이야?"

"찾아볼 게 있어서."

"여긴 헤드 헌터가 탐을 낼 만한 헤드가 없어."

"의뢰를 받은 상황이라서 말이야. 그리고 그게 여기 있는 거 같아."

"헤드가?"

펭지안의 물음에 나유철이 고개를 끄덕거렸다.

"아무래도. 너도 헤드를 거래했잖아."

나유철의 얘기를 들은 펭지안이 컵을 내려놨다.

"그 헤드 말이군."

"맞아. 자네가 떠돌이들에게 받아서 거래서에 넘긴 헤드 말이야. 프록시마 b로 건너가서 수많은 헤드들을 날려버렸어. 나도 휩쓸려서 죽을 뻔했고."

"헤드들이 넘쳐나는 세상인데 왜?"

"그게 최초의 헤드였으니까, 지금 콤바인 사에서 나노 로봇까지 동원해서 고치는 중이야."

"최초의 헤드였다고?"

"정말 몰랐던 거야? 한때 최고의 헤드 헌터였던

네가?”

나유철의 물음에 펭지안이 의자에 앉으면서 고개를 저었다.

“오래전 일이지. 나는 지금 일몰의 바다에 사는 떠돌이야.”

그리고 두건을 쓴 채 컵을 치우는 여자를 보면서 덧붙였다.

“한 여자의 남편이기도 하고.”

“헤드 헌터에게 마음 편한 삶이라는 건 없어.”

“그래서 빚과 크레딧은 없는 대신 자유가 있는 이곳으로 왔잖아.”

“자네는 이들이랑 달라서 의체를 교체하지 않으면 위험해.”

“우리는 말이야, 살기 위해서 너무 많은 걸 희생한 거 같아. 그래서 기업과 조합에 굴복하고, 범죄조직의 총구 앞에서 비굴해지지.”

“잔인무도한 헤드 헌트가 갑자기 현자가 되셨군.”

“피의 끝은 삶이니까. 지구에 있을 때부터 인간은 항상 고뇌하는 존재였어. 헤드와 의체가 분리된다고 그게 변하지는 않아.”

펭지안의 얘기를 들은 나유철이 말했다.

“현자의 대답은 잘 들었어. 어쨌든 그 헤드를 어디서 구했는지, 그리고 나머지 헤드들이 어디 있는지 알려주면 고생하지 않고 살 수 있는 크레딧을 주지.”

얘기를 마친 나유철이 손으로 턱을 만지작거리며 펭지안을 쳐다봤다. 펭지안이 손가락으로 뺨을 두드리면서 생각에 잠겼다. 그러다가 나유철을 바라봤다.

“오늘은 늦었고, 내일 나랑 어딜 같이 가지.”

“일몰의 바다 한복판으로 끌고 가서 뒤통수를 플라즈마 건으로 날려버리는 거 아니야?”

나유철의 얘기에 펭지안이 껄껄 웃으며 의자에서 일어났다.

“그럴 거면 아까 만났을 때 했겠지. 불 옆에서 자. 따뜻할 거야.”

불 옆에서 한숨 잔 나유철은 부스럭거리는 소리에 눈을 떴다. 눈을 뜬 나유철은 자신에게 차를 대접했던 여자가 내려다보고 있는 걸 알아차렸다. 손에는 방아쇠를 당기면 화살이 날아가는 석궁을 들고 있었다. 나유철이 바라보자 천천히 눈 쪽을 겨냥했다. 여자는 손에 들고 있던 산소마스크를 떨어뜨리며 말했다.

"따라오세요."

"어디로요?"

"최초의 헤드를 찾고 싶다고 하지 않았어요?"

그 말을 들은 나유철은 잠자코 산소마스크를 들고 일어났다. 그러자 옆에서 휴면 모드로 있던 튜링 역시 파란색 모노아이를 밝혔다. 앞장선 여자를 따라 동굴 밖으로 나가자 어제 봤던 공중 부양 버스가 출발 준비를 하고 있었다. 운전석에서 몸을 내민 펭지안이 소리쳤다.

"어서 타라고."

안으로 들어간 나유철은 짐 더미 사이의 빈 곳에 몸을 구겨 넣었다. 따라온 튜링은 짐꾸러미 위에 위태롭게 자리를 잡았다. 크게 한 번 흔들린 버스가 위태롭게 떠오르고는 서서히 어둠을 향해 나아갔다. 끝도 없이 펼쳐진 일몰의 바다는 어둠에 짓눌려 있었고, 가끔 자신의 위치를 알려주기 위해 떠돌이들이 드러낸 빛이 반짝거릴 뿐이었다. 한참을 달린 버스는 커다란 바위 앞에 멈췄다. 버스에서 내린 펭지안이 산소마스크를 쓴 채 나유철에게 소리쳤다.

"여기서부터는 걸어가야 해."

산소마스크를 쓴 나유철이 문을 열고 밖으로 나왔다. 푹신한 바닥은 중력이 살짝 약해서 걸을 때마다 미묘하게 휘청거렸다. 그런 나유철을 본 펭지안이 외쳤다.

"무릎에 힘을 줘. 그럼 좀 나아질 거야."

"잔소리 그만하고 앞장이나 서."

"짜증은 여전하군. 헤드 헌터한테는 불필요한 건데 말이야."

둘은 험악한 농담을 주고받으며 바위틈에 있는 동굴의 입구로 향했다. 조용히 지켜보던 튜링은 후드를 뒤집어쓴 여자가 뒤따라가는 것을 보고는 발을 움직였다. 동굴 안쪽은 빛 하나 없이 어두웠다. 입구에 있는 램프를 든 펭지안이 레버를 돌리자 환하게 빛이 켜졌다. 그걸로 동굴 안쪽을 비춘 펭지안은 천천히 걸어갔다. 동굴 안은 아래쪽으로 쭉 이어졌는데 발에 챈 돌이 어둠 속으로 한참 굴러갔다.

어느 틈엔가 나유철의 옆에 따라붙은 튜링이 조심스럽게 말을 건넸다.

"어디로 이어지는 겁니까?"

"몰라."

"현재로서는 안 좋은 결말을 맞이할 확률이 36퍼센트입니다."

튜링의 얘기를 들은 나유철이 가만히 생각하다가 대답했다.

"아직 절반은 안 넘었네."

"입구로부터 거리가 멀어질수록 높아질 겁니다."

"좀 낙관적이 되어봐."

"제 알고리즘과 데이터는 항상 죽음과 충돌, 습격, 암살 같은 것들만 있어서요."

"여기에서는 새롭게 태어나봐."

"인공지능에게 탄생은 없어요. 오직 존재할 뿐이죠."

그렇게 둘이 티격태격하는 동안 동굴은 점점 더 커졌다. 아래로 내려가는 경사가 점차 심해졌다. 동굴 벽을 살펴보던 튜링이 중얼거렸다.

"이상하네요."

"뭐가?"

"동굴 벽에 난 흔적들을 분석해보니까 거대한 고체에 쓸려 내려가면서 생긴 거 같습니다."

"좀 쉽게 얘기해줄래?"

"얼음덩어리요."

"얼음?"

"예전에 이 동굴이 있던 곳이 얼음으로 꽉 차 있었다는 뜻입니다."

"지금은?"

"사라졌죠. 아마 테라포밍으로 인한 온도 변화 때문인 거 같습니다."

"얼음이 있었다는 얘기는, 테라포밍을 따로 할 필요가 없었다는 뜻이잖아."

"얼음이 수증기로 변하면 가능하긴 하지만 얼마나 있느냐에 따라 달라지죠."

"하긴."

그때 앞장서 걷던 펭지안이 갑자기 걸음을 멈춰섰다. 그리고 천천히 돌아섰다. 손에는 아까 보이지 않았던 플라즈마 건을 들고 있었다. 차가운 표정을 지은 펭지안이 나유철에게 말했다.

"이 정도면 아무도 모르겠지?"

"헤드 헌터가 죽고 사는 거에 누가 관심이 있다고 그래."

"그래서 깊은 곳으로 데리고 왔어."

"왜? 최초의 헤드를 독점하고 싶어서?"

"그걸 너한테 넘겨주고 싶지는 않아."

"이미 늦었어. 내가 여기 왔다는 걸 아는 사람들이 많으니까."

나유철의 얘기를 들은 펭지안이 쓴웃음을 지었다.

"그래서 여기로 데리고 들어왔어. 지하 수백 미터라 위치 확인이 안 되거든."

"난 이런 곳에서 죽고 싶지는 않은데."

"헤드 헌터의 운명이지. 받아들이라고."

나지막하게 대답한 펭지안이 플라즈마 건으로 나유철의 옆에 있던 튜링을 쐈다. 펑 하는 소리와 함께 산산조각 난 튜링의 부품이 사방으로 튀었다. 얼굴을 찡그린 나유철이 움찔했다.

"씨, 파편 맞을 뻔했잖아."

"눈치껏 피해 있지 그랬어."

"알아차릴까 봐. 눈치 하나는 기가 막혔거든."

"손으로 턱을 만지작거린 수신호를 보낸 것도 재 때문이었어?"

"응, 오래전 신호인데 안 잊어버렸네."

"옆에 있는 놈을 믿지 말라는 신호인데 그걸 잊을 리가 있겠어?"

플라즈마 건을 도로 허리춤에 꽂은 펭지안의 대답에 나유철은 산산조각 난 튜링을 내려다봤다.

"좋은 놈이었는데, 여기 오기 전에 콤바인 사가 개조하면서 감시 장치를 심은 것 같아."

"확실해?"

"개조한 후에 최초의 헤드에 대해서 엄청 관심이 많아졌어. 그리고 꼭 따라올 필요가 없었는데 따라왔잖아."

"의뢰인에게 믿음을 받지 못하는 헤드 헌터라니, 오래 살긴 글렀군."

"헤드 헌터 노릇을 하면서 오래 살기를 바라는 건 앞뒤가 안 맞잖아."

"그렇긴 하지. 조금 더 가야 해."

"어디로? 내 의체에도 추적장치가 있다고 했어."

"깊은 지하라서 아마 소용 없을 거야. 최초의 헤

드가 어딨는지 궁금하지 않았어?"

나유철은 대답 대신 고개를 끄덕거렸다. 피식 웃은 펭지안이 돌아서서 다시 걷기 시작했다. 나유철은 산산조각 난 튜링을 내려다보면서 작별 인사를 했다.

"잘 있어라."

나유철은 펭지안을 따라 한참을 내려갔다. 그러다가 커다란 공간에 도착했다. 어둠 때문에 크기를 짐작하기 어려웠지만 엄청나게 넓은 공간이라는 것은 어렵지 않게 짐작할 수 있었다. 펭지안이 램프를 바닥에 내려놓고 앉았다. 그 옆으로 말없이 따라온 여자가 자리를 잡았다. 펭지안이 나유철을 올려다봤다.

"앉아봐."

시키는 대로 바닥에 앉은 나유철은 자신도 모르게 중얼거렸다.

"차갑군."

"정신이 번쩍 들어? 더 놀랄 얘기를 해줄까?"

"뭔데?"

펭지안은 나유철의 질문에 대답하는 대신 여자를 바라봤다. 천천히 후드를 벗은 여자가 머리와 목을 감은 두건을 풀었다. 그러자 헤드와 의체가 결합된 부분인 목의 헤드 링이 보였다. 그런데 모양이 이상했다.

"굉장히 오래되었군."

나유철의 대답에 펭지안이 말했다.

"최초의 헤드 중 한 명을 소개하지. 이름은 성시아."

본명이 밝혀진 여자는 차분한 눈길로 나유철을 바라봤다.

"저를 찾으셨다고요?"

"죽을 고생을 하면서요. 정말 최초의 헤드가 맞습니까? 궁금한 게 엄청 많습니다만."

"일몰의 바다에서 유일하게 풍족한 것이 시간이지요."

대답을 들은 나유철이 물었다.

"어떻게 지금까지 생존할 수 있었던 거죠?"

"그 얘기를 하려면 우리가 출발할 때 얘기를 먼저 해야겠네요."

나유철이 들을 준비가 되어 있다는 눈빛을 보내

자 성시아가 입을 열었다.

"광기의 시대였어요. 지구는 나날이 파괴되어 가는 중이었고, 프록시마로 떠나지 못하면 살아남지 못할 것이라는 공포감이 우리를 지배했었죠."

"기록을 보긴 했어요."

"그걸로는 당시 우리가 느꼈던 공포감을 이해하기는 어려웠을 거예요. 그때 유행했던 종교가 바로 자살교였어요."

"자살교라면?"

"일가족이 모여서 성대한 의식을 치른 다음에 자살을 하는 거죠. 그럼 영혼이 프록시마 행성으로 갈 수 있다고 믿었어요."

"끔찍하네요."

나유철의 얘기를 들은 성시아가 고개를 절레절레 저었다.

"그래서 어떻게든 프록시마에 갈 수 있는 방법을 찾아내야만 했죠. 그러다가 연구소에서 목과 몸을 분리하는 방법을 찾아냈어요. 처음에는 사형수를 데려다 썼죠. 그러다가 실험을 할 사형수가 모자라자 이번에는 불치병에 걸려서 조만간 죽을 사람들을 대상으로 했어요. 그들까지 모자라자 마지막에는 자원자를 받았죠."

성시아의 얘기를 들은 나유철은 믿을 수가 없었다.

"잘못 분리하면 죽을 수도 있는 실험에 말입니까?"

"오히려 지원자가 넘쳐났죠. 글자 그대로 광기의 시대였으니까요."

그리고 서글픈 표정으로 덧붙였다.

"그 지원자 중 한 명이 바로 저였어요."

"왜 지원한 거죠?"

"할 수밖에 없었어요. 내 아버지가 바로 성명진 박사였으니까."

"최초로 헤드 분리술을 개발한 그 성명진 박사 말입니까?"

놀란 나유철의 물음에 성시아는 무겁게 고개를 끄덕거렸다.

"저는 아버지를 따라 연구소에서 연구원으로 일하는 중이었죠."

"실험할 수 있는 사람은 부족하지 않았다면서요?"

"부족하지는 않았죠. 하지만 실패가 계속되면서 아버지에게 여러 압박이 들어왔어요. 아버지 자리와 연구성과를 노린 다른 연구자들이 부추긴 것이었죠. 그래서 아버지는 그런 외압을 막기 위해 저를 실험 대상으로 삼으셨어요."

"맙소사."

나유철이 믿기지 않는다는 듯 고개를 절레절레 흔들자, 성시아가 무표정하게 대답했다.

"말씀드렸잖아요. 광기의 시대였다고."

"실험에 성공해서 최초의 헤드가 된 겁니까?"

"사실 실패할 것이라고 생각하고 아버지와 동료들에게 작별 인사를 했었죠. 그런데 헤드 분리 수술을 받은 후에 다시 눈을 떴어요. 그때부터 저주가 시작된 거죠."

"저주라고요."

"지금은 수십만의 헤드들이 의체를 마치 옷처럼 갈아 끼우며 살고 있잖아요. 하지만 제가 살던 시대에는 목과 몸을 분리한다는 것은 도덕이라는 관습적으로 있을 수 없는 일이었어요."

"의체가 없으면 여러모로 불편했을 텐데요."

"의체가 없었으니까 불편함을 몰랐죠. 어쨌든 저를 시작으로 아버지의 실험이 성공하게 된 거죠. 밤에 아버지가 실험실에 있는 저를 찾아와서 한참 동안 바라보고 있다가 돌아간 적이 있어요."

"최초의 헤드가 되어서 노아 1호를 타고 이곳으로 온 겁니까?"

"아버지는 실험 결과를 가지고 미국과 협상을 했어요. 발사체는 미국이 제공하고, 헤드 분리 기술은 우리가 제공하는 걸로요. 그리고 최초의 발사체에 제가 태워진 거죠."

"여행은 어땠습니까?"

나유철의 물음에 성시아가 대답했다.

"그걸 여행이라고 부를 수 있나요?"

"더 적당한 표현이 없네요."

"다른 헤드들과 함께 생명 유지 장치가 설치된 케이스에 들어갔죠. 그리고 우주로 떠났어요. 헤드만 있었기 때문에 식량이나 물이 필요 없었고, 중력의 압박을 받을 일도 없었어요. 결국 몸을 버리면서 우주로 나갈 수 있었던 거예요."

차분하게 얘기한 성시아가 덧붙였다.

"계속 잠을 잤어요. 그리고 눈을 뜨고 다른 헤드들과 얘기를 나눴고, 주기적으로 영양분을 섭취했죠.

그리고 다시 잠을 자고. 그래서 마치 꿈만 같았죠. 그 시간들이요."

"그렇게 4년 만에 여기에 도착한 겁니까?"

"도착이라는 표현도 애매하네요. 그냥 지상에 충돌한 거죠. 노아 1호에는 어떤 착륙장치도 없었으니까요."

"착륙장치가 없었다고요?"

"정확하게는 설치할 여유가 없었어요. 하루라도 빨리 보내야만 했으니까요. 그리고 애초에 우리를 살리려는 그 어떤 장치도 싣지 않았어요. 다만, 4년의 시간 동안 우주를 헤치고 나가서 이곳에 무사히 도착할 수 있을지 확인하는 게 목적이었거든요."

"시작부터 버려질 운명이었군요."

성시아는 고개를 저었다.

"목이 몸과 분리되고 눈을 뜬 순간 결정된 것이죠. 분리 실험에서 살아남은 일곱 명의 헤드에게 인류의 운명을 책임질 영웅들이라고 했지만, 쳐다보는 시선은 완전히 달랐어요. 우리는 괴물들이었고, 인류의 끔찍한 미래를 상징하는 존재들이었어요. 그래서 멀리 보내버린 거죠. 적어도 20년 동안은 안 볼 수 있으니까.”

나유철은 어린 시절부터 귀가 따갑게 들었던 최초의 헤드들에 관한 영웅적이고 감동적인 이야기들이 사실과는 많이 다르다는 사실을 깨닫고는 쓴웃음을 지었다. 성시아는 무표정하게 말을 이어갔다.

“평소와 다름없는 날이었어요. 꿈을 꾸는 건지 잠을 자는 건지 알 수 없었는데 갑자기 쿵 하는 소리가 들렸어요. 처음에는 운석 같은 것과 충돌한 줄 알았죠. 하지만 제 앞에 있던 헤드가 외쳤어요. 도착했다고요. 드디어 도착했다고 말이에요. 그리고 우린 깨달았어요.”

“무엇을 말인가요?”

“우리가 도착한 이후에 뭘 해야 할지 정해진 게 없다는 걸 말이죠. 그냥 우리는 우주선이 도착하는 것을 확인하는 존재에 불과했어요. 예정된 도착 신호들이 발신되는 걸 보고는 깨달았어요. 우리에게는 최후가 왔다는 걸 말이죠.”

나유철이 조심스럽게 물었다.

“애초부터 생존을 목표로 하지 않았는데 지금까지 어떻게 살아남은 거죠?”

"우리에게는 비밀이 있었어요."

"무슨 비밀이요?"

"노아 1호에 아버지가 자신의 직권으로 실험 중인 의체를 실었어요."

예상 밖의 대답에 놀란 나유철이 입을 다물지 못했다.

"의체를 말입니까? 몇 개나 실은 겁니까?"

"남자용 한 개와 여자용 한 개요. 생명유지 장치의 무게가 예상보다 가벼워지면서 뭔가를 더 실을 여력이 생긴 거죠. 아버지는 당시 콤바인 사에서 제작하고 있던 의체 중에 두 개를 받아서 그곳에 실었어요."

"왜 그런 행동을 한 거죠?"

"모르겠어요. 다만, 아버지가 출발 전날 냉동 상태로 들어가기 직전에 저를 찾아왔어요. 그러고는 미안하다면서 아버지로서 작은 희망의 불씨를 함께 넣어주겠다고 했었죠."

"그게 의체였군요."

"모르겠어요. 정말."

폐가 텅 비어버릴 것 같은 한숨과 함께 램프의 불빛을 바라본 성시아가 덧붙였다.

"왜 그걸 함께 보내주었는지 말이죠. 어차피 프록시마 d에는 아무것도 없었는데 말이죠."

"희망의 작은 불씨 아니었을까요?"

나유철의 대답을 들은 성시아는 눈물을 살짝 떨어뜨렸다.

"어쨌든 아버지의 마음이었겠죠."

"제가 정말 궁금한 건, 아무것도 없는 이 행성에 떨어졌는데 어떻게 수백 년을 살아남을 수 있었는지입니다."

성시아는 살짝 고개를 들고 어둠을 바라봤다. 그리고 나지막하게 입을 열었다.

"희망의 작은 불씨 덕분이었어요. 거의 불가능할 거라고 생각했지만 의체와 헤드가 결합되었어요. 아버지가 간이 결합 장치를 만들어주셨는데 그게 작동한 거죠."

"그래도 일곱 개의 헤드에 비해 의체는 두 개밖에 없었는데요."

"의체를 끼운 헤드가 우주선의 잔해로 거처를 만들었죠."

"산소와 식량은요?"

"사실 둘 다 해결이 안 될 거라고 믿었어요. 그런데 기적이 벌어졌죠."

조심스럽게 얘기한 성시아가 바닥을 손으로 짚었다. 나유철도 따라 했다가 다시금 차가움을 느꼈다. 그리고 불현듯 단어 하나가 떠올랐다.

"얼음!"

나유철의 외침을 들은 펭지안이 말했다.

"여기 전체가 얼음이야."

"얼마나 넓은 건데?"

"정확하게 계산은 못 했지만 아주 아주 넓어."

"얼음을 녹이면 수증기로 테라포밍을 할 수 있겠네."

주변을 돌아본 나유철의 말에 펭지안이 고개를 끄덕거렸다.

"적어도 일몰의 바다 정도는 가능할 거야."

"값비싼 공기를 마음껏 쓸 수 있다면 프록시마 b에 사는 인간들은 죄다 여기로 몰려올 거야."

"그러겠지. 그런데 한 가지 문제가 있어."

"무슨 문제?"

"여기 온도가 낮아서 얼음이 녹지 않아. 몇 명이

생존에 필요한 정도라면 모르지만 전부 녹이려면 강력한 열원이 있어야 해. 그래야 테라포밍이 가능하지."

"폭발을 시키면 될 거 같은데. 이 정도 깊이의 동굴을 날려버리려면 엄청난 에너지가 필요하겠군."

"그런 걸 모았다가는 대번에 눈에 띌 거야. 그럼 기업이나 조합에서 가만있지 않겠지."

펭지안과 얘기를 나누던 나유철은 문득 궁금증이 생겼다. 성시아를 바라본 나유철이 물었다.

"지하에 거대한 얼음층이 있다는 건 누가 발견한 겁니까?"

"우리요. 정확하게는 최초의 헤드 중 하나였던 곽웅선이 발견했어요. 거처를 만드는 데 필요한 물자를 구하러 나갔다가 동굴로 떨어졌고, 거기서 이걸 발견한 거죠."

"그런데 왜……."

그 뒤의 말은 차마 잇지 못했다. 다행히 뭘 묻는지 눈치챈 성시아가 말했다.

"우린 이곳으로 거처를 옮긴 후에 매일 밖으로 나갔어요."

"이주민들이 오기를 기다린 건가요?"

"네. 그들이 무사히 오기를 기다렸죠. 그리고 몇 년 후에 첫 번째 선단인 방주 1호가 프록시마 b에 내리는 걸 봤어요. 이곳에도 몇 대가 착륙하긴 했지만 프록시마 b에 압도적으로 많이 내렸죠."

"그런데 왜 정체를 밝히지 않고 수백 년 동안이나 숨어서 지냈던 겁니까?"

"이곳으로 온 피난민이 프록시마 b에서 무슨 일이 벌어졌는지 알려줬어요. 서로 세력 다툼을 벌이면서 죽고 죽이는 중이라고 하더라고요. 그 오랜 기간 동안 죽을 위기를 겪으며 온 이곳에서 말이죠. 그래서 헤드들끼리 상의해서 결정했어요."

"어떤 결정을 내린 겁니까?"

"이곳을 나쁜 놈들의 손에 넘겨주지 않기로 말이죠. 그래서 비밀을 지키기로 맹세하고 여기로 내려왔어요."

"수백 년 동안 지켜봤군요."

나유철의 물음에 성시아는 서글픈 표정으로 대답했다.

"시간이 지나면 나아질 것이라고 믿었어요. 하지

만 인간들은 지구에서처럼 이곳에서도 욕심을 버리지 않았죠."

어둡고 긴 침묵이 이어졌다. 침묵은 펭지안에 의해 깨졌다. 램프의 일렁거리는 불빛을 보던 펭지안이 입을 열었다.

"기업이나 조합에서 이곳의 비밀을 알아내면 어떻게든 손에 넣으려고 들 거야. 그럼 인간들은 더욱 더 고통받겠지."

"그 와중에 최초의 헤드들이 프록시마 행성계 전체를 뒤흔들 비밀을 알고 있다는 소문이 퍼졌고, 콤바인 사에서 그걸 확인하기 위해서 최초의 헤드를 손에 넣기 위해 혈안이 되었군."

"누가 얘기했는지는 모르겠지만 말이야."

"내가 무슨 이유로 여기 왔는지 알고 있지?"

나유철의 물음에 펭지안이 대답했다.

"물론이지."

"크레딧을 많이 받은 데다가 헤드 헌터는 어떤 일이 있어도 약속을 지켜야 해."

"잘 알지. 그걸 하기 싫어서 이곳으로 왔으니까."

"그런데 나한테 알려준 이유는 뭐야? 모른 척했

으면 다른 곳을 뒤지다가 떠날 수 있었는데 말이야."

"너같이 능력 좋은 헤드 헌터라면 언젠가는 비밀을 알아낼 거라고 믿었어. 그러니까 먼저 보여주는 게 차라리 나을 거 같아서 말이야."

"나는 가서 보고를 해야 해."

"이런 순간이 오는 게 싫었어."

펭지안의 말과 함께 성시아가 일어났다. 그리고 옆에 놔둔 석궁을 집었다.

"그런 조잡한 걸로는 내 의체에 흠집밖에 못 내요."

"이 촉은 마그네틱 광석을 갈아서 만든 거예요. 흠집밖에 못 내지만 못 움직이게 만들 수는 있죠."

그사이에 펭지안도 일어나서 플라즈마 건을 겨눴다. 괴로운 표정을 지은 그가 입을 열었다.

"이렇게 되어서 굉장히 안타깝네."

둘의 얘기를 들은 나유철은 양쪽 팔목 아래 숨겨져 있던 니들 건을 꺼냈다. 그리고 두 사람 모두를 겨눴다.

"이걸 쏘게 하지 않았으면 좋겠어. 보상으로 받은 크레딧이 많아. 이걸 나눠줄 테니까 셋이 같이 떠나는 건 어때? 사람들 사이에 섞여서 평범하게 살자고."

나유철의 간절한 부탁에 펭지안이 쓴웃음을 지었다.

"콤바인 사가 가만있지 않을 거야. 그리고 헤드 헌터와 최초의 헤드가 어떻게 평범하게 살아?"

숨 막히는 침묵이 이어졌다. 그리고 셋은 거의 동시에 니들 건과 플라즈마 건, 그리고 석궁을 쐈다.

6

코드 블루

대형 모니터의 화면이 꺼지자 지켜보던 옴스파크는 쥐고 있던 주먹을 풀었다. 그리고 돌아서서 비서에게 말했다.

"저 헤드 헌터가 마지막에 망설일 거라고 했지?"

"인공지능에 백도어를 심어놓은 건 예상했고, 의체에 위치 추적장치와 음성 센서가 있는 것도 알았지만 의체를 우리가 통제할 수 있다는 건 예상하지 못했습니다. 역시 대단하십니다. 대표님."

"위치는 확인했지?"

"예. 일몰의 바다 동북쪽의 바위 지대 지하입니다."

"어떻게 저걸 몰랐을까?"

옴스파크의 물음에 비서가 안경집에서 꺼낸 홀로그램 렌즈를 이용해서 프록시마 d의 행성 이미지를 띄웠다.

"지하 2백 미터 아래라서 지상에서는 확인할 방법이 없었습니다."

비서의 말도 안되는 변명을 들은 옴스파크는 얼굴을 찡그렸다.

"얼음은 어느 정도 있지?"

"저 정도면 프록시마 d의 상당 부분을 테라포밍할 수 있을 것으로 추정됩니다."

"엄청난 양의 공기를 손에 넣으면 다른 기업이나 조합쯤은 내 발아래 둘 수 있을 거야."

의기양양하게 중얼거린 옴스파크가 비서에게 말했다.

"코드 블루를 발동해."

"총동원령 말입니까?"

비서의 반문에 옴스파크가 고개를 끄덕거렸다.

"기업 경찰들을 모두 동원하고, 우주선을 모두 띄워. 다른 곳에서 눈치채기 전에 우리가 먼저 장악해야 해."

"하지만 코드 블루를 발령하려면 이사회의 동의가 있어야만 합니다."

다급한 비서의 얘기에 옴스파크가 비웃었다.

"지금 우리가 영상으로 본 건 반나절이면 웬만한 기업과 조합에 다 퍼져나갈 거야. 그들이 먼저 선수를 치면 우리는 손가락만 빨아야 해."

비서를 살짝 쏘아본 옴스파크가 문 쪽으로 걸어갔다. 하지만 문은 열리지 않았다. 문 앞에 선 옴스파크가 비서를 돌아봤다.

"뭐야? 이거."

비서는 차갑게 대답했다.

"방금 긴급 이사회가 열렸습니다."

"뭐라고? 대표인 나도 모르게?"

"이사회에서 대표님에 대한 해임 결정이 내려졌습니다. 아홉 명의 임원 중 두 명이 찬성했습니다."

"과반수가 아닌데 어떻게 해임안이 통과가 되지?"

옴스파크의 반문에 비서가 홀로그램을 보여줬다. 회의실에서 피범벅이 된 임원들이 경비용 가드 로봇에게 끌려가는 모습이 보였다.

"여섯 명이 현장에서 사망해서 총인원이 세 명으

로 줄었습니다. 그래서 두 명이 과반수가 된 거죠."

비서의 대답을 들은 옴스파크가 어이가 없다는 표정으로 넥타이를 살짝 풀었다.

"이것들이 지금 장난을 쳐?"

그때 닫혀 있던 문이 열리고 한 여자가 걸어 들어왔다. 재정 담당 임원인 아냐시오였다. 푸른색 원피스에 크리스털로 된 목걸이를 착용한 아냐시오의 두 귀에는 고성능 센서와 마이크로파 송신 장치가 붙어 있고, 두 눈 역시 인공 안구로 교체한 상태였다. 인간보다는 사이보그에 가까워 보였다. 얼굴을 찌푸린 옴스파크가 쏘아붙였다.

"사이보그 주제에 너무 사치스럽군."

"틈만 나면 인간이 아니라고 하는 회장님 덕분에 사람처럼 꾸며봤어요."

"그런다고 기계가 사람이 되지는 않아. 무슨 일이야?"

싸늘한 옴스파크의 물음에 아냐시오는 천천히 안으로 들어오면서 말했다.

"방금 콤바인 사의 회장직에서 해임되었다는 걸 통보하러 왔습니다. 전임 회장님."

"우리 회사에 전임 회장은 없잖아. 모두 회장직에서 죽어서 나갔으니까."

"맞습니다. 당신도 부회장인 시절에 회장을 죽이고 그 자리에 올랐으니까요. 저와 함께 말이죠."

"배운 그대로 써먹는군."

"5년만 하고 저한테 자리를 물려주신다고 하신 약속을 지켰으면 이러지는 않았을 겁니다."

"맹수는 약속을 하지만 지키지는 않아. 전임 회장들이 어떻게 되었는지 빤히 아는데 그 약속을 들어줄 수는 없지. 네가 그렇게 신용이 있는 것도 아니고 말이야."

"이 자리까지 올라오려면 가장 먼저 버려야 할 게 사람에 대한 믿음과 신용이라고 하지 않으셨습니까? 저를 반강제로 사이보그로 만든 것도 당신이고요."

"그래서 오랜 원한을 갚으려는 건가?"

옴스파크의 물음에 아냐시오는 회의실 안에 있는 비서를 포함해서 사람들의 눈을 하나씩 마주쳤다.

"준비하는 데 오래 걸리긴 했습니다. 설득을 해야 했거든요. 당신에게 저항하라고 말이죠."

"적어도 이 방 안에 있는 사람들은 모두 설득했군.

내 비서를 포함해서."

옴스파크의 말에 가볍게 고개를 끄덕거린 아냐시오가 말했다.

"이제 끝낼 시간입니다. 당신 말대로 서둘러야 하니까요."

자신만만하게 얘기한 아냐시오가 눈짓을 하자 회의실 안에 있던 직원들이 일제히 플라즈마 권총을 겨눴다. 옴스파크가 두 팔을 벌렸다.

"바야흐로 배신의 날개가 활짝 펴졌군. 그런데 말이야……."

의미심장한 눈빛을 한 옴스파크가 아냐시오를 바라보며 덧붙였다.

"이상하지 않아?"

"뭐가요? 전임 회장님."

"하필이면 네가 포섭한 사람만 회의실에 들어온 게?"

아냐시오의 표정이 굳어지자 옴스파크가 히죽 웃었다.

"가르쳐주긴 했는데 제대로 배우지는 못했군."

그 말이 끝나자마자 배신자들이 들고 있던 플라

즈마 건이 폭발해버렸다. 배신자들은 파편을 뒤집어쓰고 헤드가 터지거나 팔이 날아간 채 고통스러워했다. 피가 튄 아냐시오는 어안이 벙벙한 채 비서를 바라봤다. 비서는 아냐시오의 시선을 피한 채 딴청을 피웠다.

"내 비서를 포섭했다고 생각한 거지? 도대체 왜 그랬을까?"

"당신이 밉다고 해서……."

"그걸 믿을 줄 몰랐는데 말이야. 아쉽군. 전임 재무 담당 책임자."

아냐시오는 비틀거리며 입구로 뛰었다. 하지만 몇 발자국 걷기도 전에 비서가 쏜 플라즈마 건에 맞고 헤드가 터져버렸다. 인공 안구가 도르륵 굴러오자 발로 밟아서 으깨버린 옴스파크가 비서에게 말했다.

"임원들 제거에 가담한 경비용 가드 로봇들을 모두 폐기처분 해. 그리고 나머지 두 이사도 없애버리고."

"남은 한 명은 어떻게 합니까?"

"그 놈도 처리해."

귀찮다는 듯 대꾸한 옴스파크에게 비서가 물었다.

“그래도 그 사람은 회장님 편인데요?”

“누가 내 편인지는 내가 결정해. 진짜 내 편이었으면 다른 여섯 명과 함께 죽었겠지.”

납득한 비서가 통신기로 명령을 내리고는 홀로그램을 띄웠다. 시신을 끌고 나가던 경비용 가드 로봇들이 맞은편에서 오는 진압용 로봇들과 마주쳤다. 진압용 로봇들이 대구경 플라즈마 포를 발사하자 경비용 가드 로봇들은 속수무책으로 터져나갔다. 파괴되지 않은 경비용 가드 로봇들은 살육의 현장으로 밀려 나갔다. 살아남은 세 이사는 당황해서 어쩔 줄 모르다가 양쪽의 총격전에 휘말려서 목숨을 잃었다. 짧은 전투 후 승리한 진압용 로봇들은 안으로 들어가서 아직 죽지 않은 임원들의 헤드를 파괴했다. 영상을 본 옴스파크는 기분 좋은 표정으로 느슨하게 맨 넥타이를 다시 조였다. 비서가 송신기에 대고 외쳤다.

“코드 블루! 코드 블루! 목표는 프록시마 d에 있는 일몰의 바다다. 좌표는 곧 전송하겠다.”

프록시마 b의 성명진 시티 주민들은 갑작스러운 변화에 깜짝 놀랐다. 도시를 누비고 있던 콤바인 사의 사설경찰들은 물론 그들에게 고용된 헤드 헌터들이 일제히 우주선을 타고 떠났기 때문이다. 어안이 벙벙해진 그들은 심지어 콤바인 본사에 결합되어 있던 로켓까지 날아가는 것을 보고는 입을 다물지 못했다. 오래전에 콤바인 사에서 일했던 기술자는 굳어진 표정으로 중얼거렸다.

"본사의 로켓까지 날아간 거면 진짜 큰일인데?"

뒤이어 다른 회사와 조합들의 우주선이 차례차례 떠나기 시작했고, 마지막으로는 범죄조직들이 뒤를 따랐다. 덕분에 허름한 집들은 후폭풍에 파괴되어버렸다. 기술자는 자신의 집이 날아가는 걸 보고는 망연자실한 표정을 지었다. 한편, 모스크에 있던 키케로는 빵을 먹으면서 망원경으로 우주선들의 궤적을 살펴봤다.

"프록시마 d로 가는군."

며칠 후, 프록시마 d 행성 상공, 정확하게는 일몰의 바다 상공에는 수백 척의 우주선이 모였다. 제일 먼저 도착한 콤바인 사의 우주선은 물론 다른 기업과 조합, 그리고 범죄조직들의 우주선까지 몰려들었다. 진영을 짠 그들은 서로가 서로를 견제하면서 신경전을 벌이는 중이었다. 본사의 로켓을 타고 도착한 옴스파크는 떼었다가 다시 붙인 의체가 불편한지 몇 번이고 몸을 뒤틀면서 지휘실의 관측창을 바라봤다. 그런 옴스파크를 조심스럽게 바라보던 비서가 입을 열었다.

"대표님. 전략 AI 안드로이드가 왔습니다."

옴스파크가 고개를 돌리자 하얀색 옷을 입은 안드로이드가 고개를 숙였다.

"부르심을 받고 왔습니다."

"해결책! 해결책이 뭐야?"

"현재로서는 대치하면서 협상을 하는 수밖에는 없습니다."

안드로이드의 대답을 들은 옴스파크는 발로 바닥을 쾅쾅 내리쳤다.

"협상? 내가 고작 협상을 하려고 코드 블루를 발동한 줄 알아?"

"고고도에서 230척의 대형 우주선과 119척의 중

형 우주선, 그리고…….”

“닥쳐! 숫자놀음말고 해결책을 내놓으라고!”

옴스파크의 말에 움찔한 전략 AI 안드로이드가 대답했다.

“현재로서는…….”

옴스파크는 같은 말이 나오자 허리에 차고 있던 플라즈마 건을 뽑아서 발사했다. 머리가 터진 안드로이드가 푹 꼬꾸라졌다. 콘솔에 배치된 오퍼레이터들이 잠깐 돌아봤다가 각자 할 일을 했다. 얼굴에 튄 인공 살점을 손가락으로 닦아낸 비서가 지시를 내리자 청소용 로봇이 들어와서 머리가 사라진 안드로이드의 몸통을 끌어내고 바닥을 닦았다. 씩씩거리며 돌아선 옴스파크가 관측창을 보면서 짜증을 냈다.

“어떻게 다른 기업과 조합 녀석들이 우리랑 비슷하게 출발할 수 있었던 거지? 거기다 범죄조직 놈들까지 말이야.”

“코드 블루를 발동하는 걸 보고 따라온 거 같습니다. 아직 일몰의 바다에 뭐가 있는지는 알아차리지 못한 거 같습니다.”

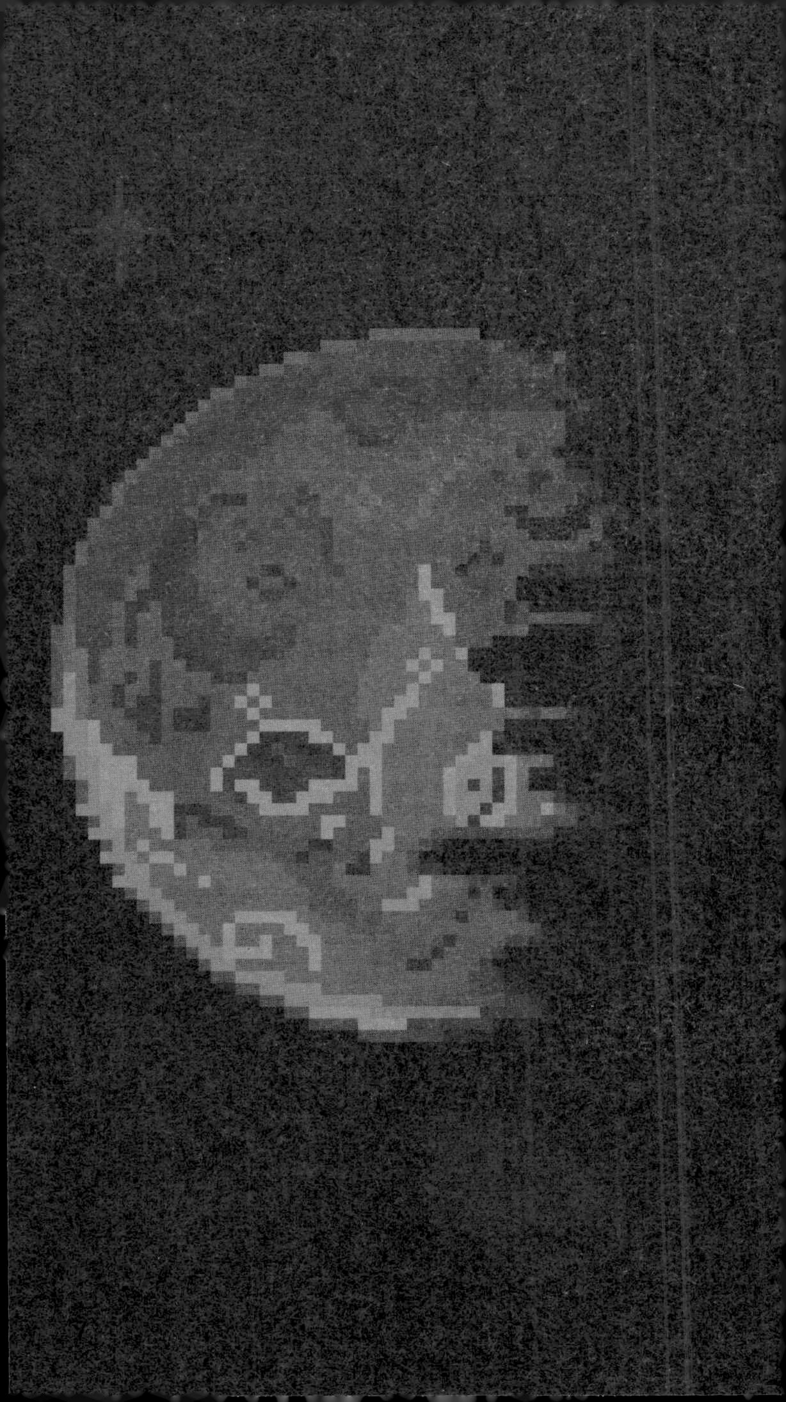

비서의 대답을 들은 옴스파크가 얼굴을 찌푸렸다.

"목적지가 여긴지는 어떻게 알고?"

"그건 파악 중입니다."

잠시 화를 누그러뜨린 옴스파크가 비서에게 물었다.

"놈들의 움직임은?"

"공기 생산 협동 조합인 에어락과 안드로이드 제조 기업인 하이로봇 측이 서로 연락선을 보내고 있습니다."

"연락선을 보내는 건 협상을 하고 있다는 뜻이겠군."

"그렇습니다. 거기다 저들이 통신망을 사용하지 않는다는 건 우리 쪽의 감청을 피하겠다는 얘기라서……."

말끝을 흐린 비서를 대신해서 옴스파크가 입을 열었다.

"서로 손을 잡고 우리를 공격할 수도 있다는 뜻이겠지. 양쪽이 합치면 어느 정도지?"

"우리 회사 전력의 약 71퍼센트 정도 됩니다. 다만 양쪽이 각자 위치한 곳에서 공격하면 우리는 양면으로 방어를 해야 하기 때문에 사실상 동등한 전력이 됩니다."

"우리가 에어락이나 하이로봇 중 한쪽을 공격한다면?"

"배후가 위험해집니다. 그때는 조합이나 기업뿐만 아니라 범죄조직들도 움직일 가능성이 크다는 관측입니다."

"환장하겠네. 제라툴 미사일을 쓰면 어떨까? 파괴력이 충분하잖아."

옴스파크의 말에 비서는 전략 AI 안드로이드가 쓰러진 자리를 힐끔 보면서 대답했다.

"거리가 너무 가까워서 우리 측 우주선에도 영향을 미칠 가능성이 큽니다. 거기다 상대방이 전파 교란을 할 경우에는 우리 쪽에서 폭발할 수도 있습니다. 무엇보다……."

침을 꿀꺽 삼킨 비서가 덧붙였다.

"에어락이나 하이로봇에서도 제라툴 미사일을 가지고 있다는 첩보입니다. 그러니까 우리 쪽으로 상대방도 쏠 수 있습니다."

"답답하군. 나는 저 아래 프록시마 행성계를 좌

지우지할 수 있는 힘이 있는데.”

“일단 대치하면서 기회를 엿보시죠. 어차피 놈들도 서로 못 믿고 있으니까요.”

비서가 달래듯 얘기하자 옴스파크는 괴롭다는 듯 손으로 머리를 쥐어뜯었다. 하지만 다른 방법이 없다는 것은 그 역시 너무나 잘 알고 있었다. 결국, 진정한 옴스파크가 말했다.

“에어락 측에 연락선을 보내.”

“전달할 메시지는요?”

“하이로봇 측에서 협상을 제안했는데 둘이 힘을 합쳐서 에어락을 공격하자고 한다. 하지만 나는 하이로봇을 믿을 수 없어서 고민하고 있는 중이다. 에어락은 우리와 손을 잡을 생각이 있는가?”

“그렇게 메시지를 보내면 됩니까?”

“맞아. 반드시 협상용 안드로이드를 보내고 녹음 기능을 켜놔.”

“답변을 들어오라는 말씀이십니까?”

“그들도 바보가 아닌 이상 바로 결정하지는 않겠지. 하지만 생각해보겠다고 정도는 할 거니까 그걸 잘 편집해서 우리 쪽 제안을 받아들이려는 것처럼 만들어."

"그걸 하이로봇 측에 보내실 겁니까?"

비서의 물음에 옴스파크가 씩 웃으면서 대답했다.

"직접 보내지 말고, 무선 통신으로 보내서 자연스럽게 엿듣게 해. 일단 놈들이 손을 잡는 걸 어떻게든 막아야 해."

"알겠습니다."

비서의 대답을 들은 옴스파크는 홀로그램을 담당하는 오퍼레이터 안드로이드에게 지시를 내렸다.

"각 우주선의 배치도를 띄워."

"예."

곧 중앙에 거대한 홀로그램이 보였다. 오퍼레이터들이 하나씩 위치를 확인한 다른 기업과 조합, 그리고 뒤늦게 밀고 들어온 범죄조직들의 우주선들이 바짝 붙어 있었다. 각기 다른 색깔로 표시되어 있었는데 콤바인 사의 우주선이 가장 많았다. 하지만 주변에 다른 세력의 우주선들이 둘러싸고 있어서 진형상 굉장히 불리했다. 홀로그램을 보고 있던 옴스파크에게 비서가 조심스럽게 말했다.

"일단 이동을 해서 포위망을 벗어나는 건 어떻겠

습니까?"

"내가 이 자리를 왜 지켜야 한다고 했지?"

"일몰의 바다 중앙을 지켜야 한다고 하셨습니다."

손가락으로 바닥을 가리킨 옴스파크가 말했다.

"여기에서 물러나면 놈들은 오히려 똘똘 뭉쳐서 압박을 가할 거야. 꼬리를 내린다는 믿음이 생기면 우리를 물 용기를 얻게 될 거고 말이야. 그러니까 우린 여기를 지킨다."

"명심하겠습니다."

그때 일몰의 바다를 관측하던 오퍼레이터 안드로이드가 다급하게 외쳤다.

"지상에서 열원이 관측됩니다."

"뭐라고?"

놀란 옴스파크가 다가가서 콘솔을 살폈다. 검은색 일몰의 바다에 붉은색 열원이 서서히 퍼져나갔다. 그냥 생기는 게 아니라 일정하게 배열된다는 것을 깨달은 옴스파크가 오퍼레이터 안드로이드에게 물었다.

"어떤 상징 같은데?"

"문자로 추정됩니다."

"열원이 문자처럼 번질 수 있나?"

"가능성은 0.000012퍼센트입니다."

보고를 받은 옴스파크가 콘솔을 뚫어지게 바라봤다. 점점 번지는 불길을 보던 오퍼레이터 안드로이드가 입을 열었다.

"내용이 확인되었습니다."

"뭔데?"

"'이 아래 얼음이 있다'입니다."

가만히 듣고 있던 옴스파크가 갑자기 미친 듯이 웃었다. 그의 광기 어린 웃음소리에 지휘실 안의 오퍼레이터들이 모두 얼어붙었다. 웃음을 그친 옴스파크가 명령을 내렸다.

"닥치는 대로 쏴."

오퍼레이터 안드로이드들이 아무 반응을 보이지 않자 옴스파크가 플라즈마 건을 꺼내 들고 외쳤다.

"쏘라고! 병신들아! 저 밑에 뭐가 있는지 모두 알아차렸으니 이제 타협 따위는 없어."

옴스파크가 지휘실의 천정에 대고 플라즈마 건을 마구 발사했다. 열과 파편이 튀는 가운데 오퍼레이터 안드로이드들이 서둘러 무기들의 발사 버튼을 눌렀다. 잠시 후, 사방에서 플라즈마와 미사일들이 발사되었다. 가장 세력이 큰 콤바인 사의 우주선들이 선제공격을 하자 주변에 막대한 피해를 입혔다. 삽시간에 일몰의 바다 상공에서는 크고 작은 폭발이 일어났다. 갑작스러운 공격을 피해 회피기동을 하려던 조합의 우주선이 기업의 우주선과 충돌하면서 폭발하기도 했다. 하지만 곧 정신을 차린 다른 기업과 조합의 우주선들이 반격에 나서면서 혼전이 벌어졌다. 거리가 워낙 가깝고 서로 조준을 하고 있던 상태라 어딜 쏴도 명중했다. 거기에 범죄조직의 작은 우주선들이 끼어들면서 혼란은 극에 달했다.

초반의 충격에서 벗어난 다른 기업과 조합들의 공격에 콤바인 사의 우주선들도 하나둘씩 파괴되기 시작했다. 옴스파크가 있는 로켓의 지휘실에는 피격당하거나 파괴당한 우주선들의 구조요청이 울려 퍼졌다. 그러면서 초반 기습공격을 한 콤바인 사의 우주선들은 차츰 밀리기 시작했다. 여러 곳에서 동시에 공격을 받으면서 공격력이 분산되어버린 것이다. 전투가 점점 격렬해지고 거리가 가까워지자 심지어는 몸통으로 들이받는 일도 있었다. 연쇄적으로 폭발이 일어나면서 사방에서 다급하게 구조신호가 울리고 탈출정이 사출되었다. 하지만 탈출정 역시 금방 먹잇감이 되어버리고 말았다. 강력한 파괴력을 가진 제라툴 미사일까지 사용되면서 일몰의 바다 상공은 거대한 불꽃의 바다로 변해버렸다.

점점 상황이 안 좋아지자 옴스파크는 더더욱 크게 웃었다. 폭풍 같은 그의 웃음 덕분에 지휘실 안의 분위기는 싸늘하게 얼어붙었다. 그러면서 적절한 지휘를 내릴 만한 상황으로 이어지지 않았다. 결국 근처까지 파고든 범죄조직의 쐐기형 소형 전투선이 진영을 파고들면서 사방으로 플라즈마와 미사일을 발사해 피해를 입혔다. 동체와 엔진 부위에 공격을 받은 우주선들은 서서히 추락하면서 프록시마 d의 중력에 붙잡혔다. 프레임이 뒤틀리면서 내는 소리가 폭발음과 뒤섞이면서 끔찍한 불협화음을 냈다. 부서지고 불탄 우주선들이 하나둘씩 일몰의 바다 위로 떨어졌다. 불붙은 우주선이 엄청난 가속도로 지면에 충돌하자 거대한 굉음과 함께 파편과 불꽃이 사방으로 퍼져나갔다. 악에 받친 옴스파크가 피해 보고를 하는 오퍼레이터 안드로이드들에게 소리쳤다.

"무슨 수단을 써서라도 막아! 놈들을 모조리 박살 내고 우리가……, 우리가 저 힘을 손에 넣어야 해!"

그때 시끄러운 경고음이 울렸다. 제라툴 미사일이 지휘실이 있는 함교로 날아오는 중이라는 누군가의 외침과 함께 지휘실 안은 붉은 섬광과 열기로 가득 차버렸다. 관측창이 산산조각 나면서 불길은 바깥으로까지 넘쳐흘렀다. 마지막까지 평정심을 유지하려던 비서는 폭발에 휘말려 관측창 밖으로 사라졌다. 주변이 처참하게 박살 나고 파괴당하는 와중에도 미친 듯이 웃던 옴스파크는 마지막 폭발에 휘말리면서 헤드와 의체 모두가 불타버리고 부서졌다.

옴스파크가 사라지자 데드맨 스위치가 작동하면서 남아 있던 콤바인 사의 우주선들이 일제히 폭발하기 시작했다. 그리고 그 폭발에 대부분의 우주선이 휘말리고 말았다. 수백 척의 우주선이 거의 동시에 폭발해버리면서 그 잔해들은 지상으로 떨어졌다. 엄청난 속도로 지상에 부딪힌 잔해들이 요란한 소리를 내면서 한 번 더 폭발을 일으켰다. 지표면은 엄청나게 파헤쳐졌고, 우주선의 파편과 함께 흙과 돌도 허공으로 날아갔다. 그렇게 수백 척의 우주선들이 차곡차곡 일몰의 바다로 떨어지면서 엄청난 폭발과 함께 지표면을 파헤쳐버렸다.

일몰의 바다 위에 차곡차곡 쌓인 채 불타고 있던 우주선들은 마치 늪에 빠진 것처럼 서서히 아래로 내려갔다. 그리고 하얀 구름 같은 것들이 피어올랐다. 처음에는 가느다란 연기 같이 피어올랐다가 차츰 늘어났다. 하늘로 치솟은 하얀 연기들이 점점 많아지는 것을 지켜보던 나유철은 펭지안에게 말했다.

"역시 네 예측대로네."

"서로 눈치싸움하고 있을 때는 불씨를 던져줘야지."

멍하게 바라보던 펭지안이 덧붙였다.

"어떻게 불씨를 던질지는 네 아이디어였고 말이야."

"두꺼운 암석층을 뚫고 얼음을 녹일 방법으로는 딱이었지."

뒤에서 둘의 얘기를 조용히 듣고 있던 성시아가 나유철에게 물었다.

"처음부터 계획된 것이었나요?"

성시아를 돌아본 나유철이 가볍게 고개를 끄덕거렸다.

"펭지안이 당신을 찾아내고 일몰의 바다 지하에 무엇이 있는지 알아냈을 때부터 시작된 거죠. 암석층을 모두 파괴할 만한 폭약이나 에너지를 찾았는데 답은 하나뿐이었어요."

나유철은 펭지안을 힐끔 바라보고는 설명을 이어갔다.

"그래서 일부러 최초의 헤드 하나를 강철바퀴파에게 흘러가게 만들었죠. 그걸 노리던 콤바인 사의 수뇌부 눈에 띄게 말이죠. 그 와중에 예상치 못한 폭발로 죽을 뻔했지만요."

"그래서 최초의 헤드를 하나 달라고 했던 거군요. 여기 상공에서 치고받게 싸우도록 말이죠."

허공을 손가락으로 가리킨 나유철이 덧붙였다.

"그래야만 조합이나 기업이 공기를 독점하는 걸 막을 수 있으니까요. 펭지안과 엄청나게 고민을 많이 해서 내린 결론입니다."

"갑자기 당신을 처음 보는 척하라는 말에 놀랐어요."

"콤바인 사가 어떤 방식으로든 지켜볼 것이었으니까요. 튜링을 개조하고, 제 의체에도 뭔가를 심었다는 건 알았지만 통제까지 할 줄은 몰랐어요. 깊은 지하라서 전파가 약해서 그나마 버텼지, 지상이었다면 완전히 통제당해 버렸을겁니다."

"상대방이 지켜보고 있다는 걸 알면서 했던 행동이었군요."

"그래야만 했으니까요. 우주선들을 저 위로 모아서 서로 싸우게 해야 했어요. 우주선들이 엄청난 속도로 떨어지면 암석층이 파괴될 거고, 그 아래 있던 얼음들이 녹아서 수증기가 나올 테니까요."

"대신 엄청난 사람들이 죽었어요."

"기업이랑 조합, 그리고 범죄조직들이죠. 아마 일몰의 바다 지하에 얼음이 있다는 사실을 알아냈다면 독점하기 위해서 무슨 짓이든 마다하지 않았을 겁니다. 그러니까 어쩔 수 없는 과정이었어요."

나유철의 대답을 들은 성시아는 조용히 불타는 일몰의 바다를 바라봤다. 아까보다 더 많은 연기들이 흘러나오면서 하늘에 뿌연 구름 같은 게 만들어졌다. 산소마스크를 쓰고 있던 펭지안이 조심스럽게 벗었다.

"그냥 숨을 쉴 수 있게 되었군. 이 정도 공기라면

몇 크레딧을 줘야 했었지?"

펭지안을 따라 산소마스크를 벗은 나유철이 대답했다.

"계산하기 어렵군. 이제 계산할 필요도 없고."

〈끝〉

작가의 말

예전 헤드 헌터를 직업으로 가지신 분과 인터뷰를 한 적이 있습니다. 공식적인 인터뷰가 끝난 후 헤드 헌터라는 명칭이 어떻게 생겼는지를 물어봤는데, 원래는 현상금 사냥꾼을 뜻했다고 합니다. 현상금이 걸린 맹수나 범죄자의 머리를 잘라서 보여줬기 때문에 헤드 헌터라고 불렸고, 현대에는 구인과 구직을 해주는 컨설턴트를 뜻하는 것으로 확장되었다고 합니다. 그 설명을 듣고 나서 엉뚱한 생각이 들었습니다. 만약, 인간이 우주로 나갈 때 목만 나가게 된다면 어떤 일이 벌어질지 말입니다. 이런 황당무

계한 생각에 설정이 입혀지자 그럴 듯한 이야기가 나왔습니다. 오직 상상과 미래, 그리고 우주라는 무대를 통해서만 완성될 수 있는 스토리였기 때문에 당연히 SF라는 장르의 옷을 입게 되었습니다.

현재 지구는 위기에 처해 있습니다. 자원고갈과 환경오염, 전쟁과 전염병으로 인해 지구의 수명이 막바지에 다다르고 있다는 느낌을 받고 있습니다. 안락함을 선사하는 문명이 파괴된다면 인간들은 과연 지금처럼 품위있고 인간답게 살 수 있을까요? 자본이 권력까지 손에 넣어서 디스토피아 같은 세상이 오면 인간들은 과연 어떻게 살아갈까요? 〈아바타〉와 〈블레이드 러너〉, 〈사이버펑크 2077〉을 비롯한 디스토피아적인 미래를 다룬 SF 콘텐츠들이 하나같이 통제할 수 없는 거대 기업이 인간의 삶을 파괴하는 모습을 담고 있는 것은 그런 일말의 불안감을 표현한 것이 분명합니다. 저 역시, 이 작품에 권력을 초월한 기업이 등장합니다.

앞으로 펼쳐질 미래가 어떤 모습일지는 아무도

모릅니다. 한없이 어두울 수 있고, 반대로 눈부시게 환할 수도 있습니다. 확실한 건 그걸 결정하는 건 우리라는 사실입니다. 우리의 의지와 노력이 미래를 결정짓는 가장 중요한 요인이 된다는 사실을 잊지 않으셨으면 하는 바람입니다.

정명섭

dot.19
헤드헌터

초판 1쇄 발행 2024년 11월 10일

지은이 정명섭
펴낸이 박은주
디자인 김선예, 이수정
마케팅 박동준

발행처 (주) 아작
등록 2015년 9월 9일 (제2023-000057호)
주소 07236 서울특별시 영등포구 의사당대로 38 102동 1309호
전화 02.324.3945-6 **팩스** 02.324.3947
이메일 arzaklivres@gmail.com
홈페이지 www.arzak.co.kr

ISBN 979-11-6668-819-5 04810
979-11-6668-800-3 04810 (세트)

책 값은 표지 뒤쪽에 있습니다.
잘못 만들어진 책은 구입하신 서점에서 교환해 드립니다.